W I N G S ・ N O V E L

椅子職人ヴィクトール&杏の怪奇録⑤

猫町と三日月と恋愛蒐集家

糸森 環

Tamaki ITOMORI

新書館ウィングス文庫

S H I N S H O K A N

猫町と三日月と恋愛蒐集家

椅子職人ヴィクトール&杏の怪奇録⑤ 目次

椅子職人ヴィクトール＆杏の怪奇録

登場人物紹介

小椋健司《おぐら・けんじ》

椅子工房「柘倉《つくら》」及び「TSUKURA」の工房長。霊感体質。

高田 杏《たかだ・あん》

椅子工房「柘倉《つくら》」及び「TSUKURA」の両店舗でバイトをする高校生。霊感体質。

島野雪路《しまの・ゆきじ》

椅子工房「柘倉《つくら》」及び「TSUKURA」の職人見習い。杏とは高校の同級生。霊感体質。

星川 仁《ほしかわ・じん》

家具工房「MUKUDORI」のオーナー。ヴィクトールの友人で、よく厄介ごとを押し付けてくる。

室井武史《むろい・たけし》
椅子工房「柘倉《つくら》」及び「TSUKURA」の職人で、工房長の弟子。霊感体質。
ヴィクトール・類・エルウッド《ゔぃくとーる・るい・えるうっど》
椅子工房「柘倉《つくら》」及び「TSUKURA」のオーナー兼職人。霊を感じ取れるようになりつつある?

イラストレーション◆冬臣

猫町と三日月と恋愛蒐《しゅう》集《しゅう》家《か》

1

十月。

道沿いに並ぶ木々の葉も真っ赤に燃える季節だが、現在の時刻は夜の六時五十分を示している。沈《しず》む太陽に代わって黄金の月が西の空から挨拶《あいさつ》に現れたら、町はすっかり夜のものだ。昼には鮮やかな色を誇《ほこ》っていた紅葉も、今はモノクロームの絵画のように黒く見える。

高田杏《たかだあん》は、肩から落ちかけたリュックの紐《ひも》を直すと、ニットカーディガンのポケットに両手を突っ込んだ。下は制服のスカート。秋の女子高生のありふれた恰好《かっこう》だ。

人気《ひとけ》のない夜道に、自身の足音が響く。踵《かかと》の低いローファーの靴《くつ》なので、パンプスで歩いている時のような高い音にはならない。

(厚めの黒タイツを穿《は》いてきて正解だった。日中はそこまで寒くないけれど、バイト帰りの時間になると、やっぱり気温がぐっと下がる)

杏は水曜日と土日に、異国情緒漂《ただよ》うモダンな赤煉瓦《あかれんが》倉庫を利用した椅子専門店「ツクラ」でバイトをしている。

平日の水曜日は学校があるため、バイトに入る時間は短い。夕方の四時から六時半までだ。いつも学校の制服のまま「ツクラ」に直行しているが、仕事中はクラシカルな黒ワンピースを着用するので、その姿で出入りしても問題はない。

杏は再び肩から落ちそうになったリュックの紐を直し、電信柱の上部に取り付けられている街路灯を仰《あお》いだ。そこから空を横断するたわんだ電線を見やり、遠くのビルの上に鎮座《ちんざ》する月の位置で視線を止める。今日は三日月《みかづき》だ。空気が澄んでいることもあり、形が綺麗に見える。

三日月と透明な夜が生むマジック効果だろうか。通い慣れた道のはずが、急に見知らぬ場所を歩いているような、不思議な気分になってくる。

少し不安で、けれどもどこか心が弾《はず》むような、そんな感覚だ。

三日月を帰路の友にして、頭の中で流行《はや》りの歌をうたっていると、歩道の脇に設《もう》けられている崩れかけの石塀《いしべい》に、小さな白い塊《かたまり》が飛び乗った。

驚いて立ち止まる杏をよそに、その白い塊は軽やかな動きで石塀の上をトトトッと伝う。それから杏の前方をいくらか進んだあたりで動きを止め、尾をゆらして振り向いた。

街路灯が舞台のスポットライトのようにその白い塊を照らす。だがアスファルトの上に作られた、黄ばんだ円《まる》い光の中にいるのは、もちろん女優などではない。

(白猫だ)

仮に猫界にも女優が存在するのなら、この緑色の目を持ったしなやかな体つきの白猫は間違いなくトップに立てる。気品があって美しい。女優猫だ。

首輪はしていないようだが、野良猫だろうか。それともこの近辺に暮らす住民の誰かが首輪をせずに放し飼いにしている？

杏を見つめていた女優猫が、「あら、驚かせたかしら。ごめんあそばせ」とでも言うようにつんと顔を背《そむ》けてまた道の先を進み始めた。少し遅れて杏も歩みを再開する。

女優猫を追う形でしばらく歩いていると、左右に伸びる道の幅《はば》が極端に狭《せば》まっている歪《いびつ》な十字路に辿《たど》り着《つ》く。女優猫は右に曲がろうとした。残念だが、杏はまっすぐ進む。

ここでお別れか、と名残惜《なごりお》しく思いながら右の狭《せま》い脇道に入っていた女優猫の後ろ姿をちらっと横目でうかがえば、再び振り向かれ、杏はつい足を止めた。

「なによ、ついて来ないの？」と文句でも言ったのか、女優猫が不満げに、にゃんと鳴く。緑色の瞳が、脇道の薄闇《うすやみ》の中できらりと光った。

杏は、正面の道と猫の道に視線を何度か往復させた。ひとしきり悩んだ末、好奇心と冒険心に従うことにした。まったく、明後日には小テストが控《ひか》えているのだから、早く帰って勉強しなきゃならないのに！

(でも愛されるために生まれてきた猫様に勝てる人間なんて、この世にはいないんだ……)

心の中で言い訳を繰り広げ、杏はしずしずと女優猫の後ろに続いた。

時の流れは早いもので、杏がこの町に引っ越してから、もう半年以上がすぎている。時間のある時に探究心のおもむくまま歩き回り、学校や自宅を中心としておおよその地理は摑んだつもりでいたが、すべての道を攻略できたわけでもない。いつもの道からちょっと外れただけで、もう自分がどこら辺を歩いているのかわからなくなってくる。

いや、いつもの道でさえ違ったように見えるのは、やはり夜の魔力のせいか。

この道はこんなに長く伸びていたっけ。こんなところに信号があったっけ。この角に宝石店なんてあった？　いつからそこに旅行会社の看板が立っていた？　――一歩、そしてまた一歩と進むたび、街路灯に照らされる周囲の景色も様変わりしていくように杏には思われた。別の町に迷い込んだようにすら感じられた。いつしか自分の足元に落ちている影も、息を吹き込まれたように独立して動き出すのではないか。そんな幻想が、まざまざと瞼《まぶた》の裏に焼き付いた。

通行人の姿もなく、走行車の影も見えない。静寂の上に静寂が積み重なる。深海のような静けさの中で耳に届くのは、どこまでも自分の靴音だけだった。

（本当に迷子になりそう）

好奇心よりも不安のほうが強くなり始めた頃、遠くから猫の鳴き声が響いた。先頭を歩く白い女優猫の鳴き声ではない。別の猫だ。どうやら複数の猫がこの近辺にいるらしく、互いに呼び合うように鳴いている。

（もしかして、この近くで猫の集会が開かれるのかな）

子どもの頃、どうして猫は夜にあれほど鳴くの？　と杏は母親に尋ねたことがある。その答えが、猫は夜に集会を開く、というものだった。実は、秘密の集会を開く猫の正体は人間なんだ、とも教えられた。猫の姿は仮のもので、夜のパトロールを遂行《すいこう》するためにああして密《ひそ》かに集まっているのだとも。

——なんでそんな話を母親としたんだっけ、と杏はぼんやりと追憶《ついおく》に耽《ふけ》った。

しかし記憶にかかる霧を払い除《の》ける前に、先を行く女優猫がにゃんと鳴いた。

杏はそこで我に返り、足を止めてまわりの様子をうかがった。猫の合唱に耳を傾けて進むうちに、どうやら本当に一度も立ち寄ったことのない区画にまで来てしまったらしい。気がつけば、不思議な家の前に立っていた。

そこは三角屋根を載せた洋館風の一軒家で、二階部分の窓には半円形の小さなバルコニーが設《もう》けられている。広さのある庭に面した玄関横には、テーブルセットを置いたテラスもあった。敷地は木製のボーダーフェンスで囲われていたが、杏の胸の位置までしか高さがない。そのため、庭も建物も外から丸見えの状態だ。

フェンスの際に生《は》えている庭木はやけにいきいきとしているものの、残念ながら横手側にしかないので、通行人の視線を遮断《しゃだん》する役割を果たしているとは言いがたい。

杏は一度、視線を周囲に配った。この一帯は木々が多く見られ、隣家ともじゅうぶんな距離が設けられている。歩車道の境には細く砂利《じゃり》が敷かれている程度だ。車が激しく往来するような区画ではないのだろう。就寝にはまだ早い時刻だろうが、杏以外の人影もない。

だが、寂《さび》れた雰囲気は感じられなかった。アンティーク調のランプ形の街灯が一定間隔《かんかく》で細く敷かれた砂利部分に設置され、洒落《しゃれ》ているし、道の端にあったポストもレトロ風で凝《こ》っている。

そういえばこの町にはかつて外国人居留地があり、その一環として教会や煉瓦倉庫群があちこちに建てられたと聞いている。景観を損なわないようにという配慮《はいりょ》があったのか、個人住宅でさえも瀟洒《しょうしゃ》な造りを意識しているのが見て取れる。

空に縫《ぬ》いとめられた三日月よりも明るいオレンジ色の街灯は、それらの家屋に、より神秘的なムードを与えていた。

杏は、本当に異国へ迷い込んでしまったかのような錯覚《さっかく》に陥《おちい》り、くらくらした。いつもの見慣れた道に無事戻れる自信がない。

さてどうしようとあたりを見回す杏の耳に、にゃんっという猫の鳴き声が滑《すべ》り込《こ》む。そちらへ顔を向ければ、この不思議な場所への案内役たる女優猫が、身軽にボーダーフェンスを飛び越えて目の前の庭に入っていくところだった。杏は、ゆれる尾を視線で追った。

猫には許されても、人間の自分が知り合いでもない他家の庭のフェンスを無断で乗り越えるのはさすがに許されない。

その家の庭には、隅《すみ》に高床式の物置きが設けられている。が、それよりも杏の目を引いたのは、庭の面積の半分を占める形で置かれている様々な家具類だ。廃品予定なのか、チェストやソファー、ラック、壊れかけの本棚、タイヤ、自転車などが無造作に積み上げられている。

いびつなジェンガのように重なったそれらの隙間に、どうやら猫たちが隠れているらしく、にゃあにゃあと複数の鳴き声が上がる。

(ひょっとしてこの家の庭は、野良猫たちの憩《いこ》いの場になっているのかな？)

先ほどの女優猫も、横倒しになっている木棚の上に積まれたソファーの上に飛び乗り、先住民ならぬ先住猫たちの合唱に参加した。猫の集会の始まりだ。

ここに存在する人間は杏だけで、他は皆、猫。

異国ではなく猫町に迷い込んでしまったのかも、と杏は奇妙な想像を膨《ふく》らませた。

夜が終わり太陽の目覚める時刻になったら、猫たちはその仮の姿を脱ぎ捨てて人に戻り、何食わぬ顔で学校へ行ったり会社に向かったりするのだろうか。もしかしたら、杏のクラスメイトたちの正体も実は猫だったりして。

そんな「もしも」を頭に描きながら、杏は女優猫以外の猫たちの居場所を探した。猫たちはうまい具合に廃品の隙間に潜《もぐ》り込《こ》んでいるようで、鳴き声は聞こえるものの肝心《かんじん》の姿が見当たらない。なんとなく夏の蟬《せみ》を連想した。ぎらつく太陽の下、土砂降りのような勢いで鳴く蟬も、その主張こそ激しいくせに、どこにいるのかはわからないのだ。

数歩分、身体の位置をずらして庭全体を観察し、杏は、あれ、と目を丸くした。

(椅子も放置されてる)

丸めた古い絨毯《じゅうたん》らしきものと脚の壊れたローテーブルの上に、危うい均衡《きんこう》で置かれている大きめの椅子。大きめと言っても重厚感はない。たとえるならパイプ椅子のように持ち上げやすそうなデザインだ。

俄然《がぜん》興味がわく。なんの椅子だろうか。

最近の杏は、椅子を見かけただけで胸が弾《はず》んでしまう体質になってしまった。猫缶つながりで親しくなったクラスメイトに、椅子ソムリエとからかわれるほどだ。学校中の椅子を調べてスマホで撮影《さつえい》もした。その行動をおもしろがって、あまり交流のなかったクラスメイトたちも、自宅の椅子や外で見つけた珍しい椅子などの画像をこちらに送ってくれるようになった。椅子が友情の輪を広げてくれている。

(あれって、アンティーク……いや、ヴィンテージチェア……じゃないかな)

杏は、庭の椅子に目を凝らした。

先ほどはパイプ椅子とたとえたが、実際はそこまでシンプルな構造ではない。流線的で独特な作りの揺り椅子だ。肘掛《ひじか》けや脚の部分がほっそりとしているので、女性的な雰囲気を感じさせる。とくに脚部分はくるんと輪を描いており、植物の蔓草《つるくさ》模様をも連想させて、優美の一言に尽きる。カラーはおそらくダークブラウンではないだろうか。ブラックの可能性もある。フェンスの外に立つ街灯の明かりだけでは、さすがに正確なカラーまでは判別できない。ただ、座面と背もたれ箇所には、木材ではなく他の素材を使っているように見えた。

杏のバイト先である「ツクラ」では、見たことのないタイプの椅子だ。

（世の中には、まだまだ未知の椅子が眠っているってわけね！）

杏はほうっと感嘆した。

なんだか既に取り返しのつかないところまで椅子の持つ魅力に落ちてしまったような気がするが、いやそれでも今ならぎりぎり引き返せる……はずだ。本物の椅子マニアな人々に比べたら、自分レベルのハマり具合なんて、軽い軽い。浅瀬に足を入れた程度。それはともかく、あの椅子の画像が途轍《とてつ》もなくほしい。だが、他家の庭にあるものを無断撮影するのは非常識でしかない、と判断できるくらいの理性はまだしっかり残っている。

（私に猫語が話せたら、撮影の許可を求められたのになあ）

真の椅子ソムリエの称号を得るには、猫語もマスターしなければならないようだ。道のりは遠い。

せめて目に焼き付けておこうと、夢中になってその優美な作りの椅子を眺めていたら、ソファーの上でくつろいでいた女優猫が身軽にすとんと地面に下りて、迷惑そうに杏を見上げた。それから、なにかを探すように廃品のまわりの地面の匂いを嗅《か》ぐ。しばらくして、ある一点を見つめ、そこを前肢《まえあし》で掘るような動作を取った。

まさかトイレだろうか、でも庭をトイレ代わりにして大丈夫なのだろうか、と杏は少し慌てた。

「そこ、掘っていいの？」

杏は小声で女優猫に尋ねた。本当、早めに猫語をマスターしなければ！

女優猫は一度動きを止めて杏を見ると、「あたしの勝手でしょ」というようにぷいと顔を背け、また土を掘り始める。トイレではないのだろうか？

気がつけば、チェストの影やソファーの下、タイヤの裏側などに潜んでいた様々な猫たちが顔を出していた。にゃあにゃあと励《はげ》ますように鳴き、女優猫の行動を見守っている。杏も猫の一員になったような気持ちで真剣に女優猫を見つめた。

「――ちょっと！　あなたそこでなにしてるの！」

突然、警戒心剝《む》き出《だ》しの高い声をぶつけられ、杏はそれこそ猫のようにぎゃっと飛び上がった。猫たちも、静寂を引っぱたくようなその険《けわ》しい声に驚いたらしく、散り散りになって去っていく。

一人取り残された杏は、少しの間茫然《ぼうぜん》としたのち、恐る恐る視線を上げた。それまで地面のほうに視線を集中させていたため、テラスのライトがいつの間にかつけられていることに軽く動揺してしまう。

杏は、何度も目を瞬《しばた》かせた。

テラスのガラス戸からニットガウンを羽織った女性が出てきて、乱暴にサンダルをつっかけ、こちらへ近づいてくる。

友好的とはとても言えない刺々《とげとげ》しい空気をまとうその女性を見つめながら、杏は一瞬で魔法がとけたような、味気ない感覚に襲われていた。あの猫たちはただの野良猫で、もちろん人間になんかなりはしないし、この家の住人でもない。――この一帯だって、当然異国の地などではない。冷静になって視線を巡《めぐ》らせると、レトロモダンな形の街灯は塗料《とりょう》がはげかけているし、なんなら明かりがつかないものだってあった。近辺の住居も、確かに外観にはこだわりがうかがえるが、築年数の古さは隠しようがなく、壁の一部が崩れてぼろぼろになっている。この家の庭を区切るボーダーフェンスだって腐食が進んでいた。

賑《にぎ》わいのある商店街から脇道に入った時に見かけるような、人気のない住宅地。一度もその場所を訪れたことがなくたって、よくある眺めのひとつだと、なんの新鮮さも感じずに数秒後には意識の外へ追いやられてしまうような――そういうありふれた光景が杏の前に広がっていた。

「あなた、高校生？　うちになんの用なの？」

女性はガウンの襟《えり》を片手で摑みながら、叱《しか》りつけるような声で杏に尋ねた。

当たりはきついが、問答無用に通報されなかっただけましだろう。杏が女で、なおかつニットカーディガンに制服のスカートという秋の女子高生定番の恰好をしていたから、多少は警戒心が薄れて用件を直接聞く気になったのかもしれない。

杏と対峙《たいじ》するその女性は、フェンス脇のライトがもたらす陰影のせいで、年齢が摑みにくかった。二十代だろうか？　細身で、長身。ゆるくパーマのかかった茶色の髪は寝起きのようにぼさぼさだった。

「ちょっと、聞いてる？」

「――はい！　その――猫。こちらの庭から、猫の鳴き声が聞こえたので気になって、眺めていたんです。私、猫が好きで、たくさんの声がしたものだから……」

杏は冷や汗をかき、しどろもどろになりながら答えた。

椅子が気になって、と正直に伝えた場合、まともに信じてはもらえず、逆に真意はなにかと疑われそうだ。猫が気になる、という言い訳のほうが、世間一般的には受け入れやすいように思える。

女性は一重《ひとえ》の目を細めて、ああ、と小馬鹿にしたように納得の表情を見せた。

「猫ね。何度追い払ってもうちの庭にしつこくやってくるのよ。……で、もういいかしら」

「えっ？」

「庭にあるがらくたのどこに潜り込んでいるか知らないけど――じゅうぶん見たんでしょ、猫」

女性が嫌みっぽく言って杏を睨み付けた。

「はい、お騒がせしてすみませんでした！　失礼します！」

杏は勢い良く頭を下げると、あたふたとその場を離れた。

女性の視線がいつまでも自分の背中を追っている気がして、振り向けない。小走りで道を進みながら頭上の三日月を見上げ、溜め息を落とす。

気軽に冒険なんかするものではない。大抵の場合、期待通りにはならないのだから。

――その後、杏はあっさりといつもの帰り道に戻っていた。本当にちょっと脇道に逸《そ》れていただけだったらしい。迷子にならずにすんでよかったというべきなのだろうが、やはり肩すかしを食らった気分になるのは否めない。

こんなもんだよね現実なんて。そうがっかりしながらも、杏はスポットライトを浴びるお澄まし顔の女優猫の姿を瞼の裏に描いて小さく笑った。


――実のところ、この話には続きがある。

いつもの帰り道に戻る直前のことだ。人気のない夜道を進む途中、足音が二重に聞こえることに気がつき、杏はふと足を止めた。

(誰かにあとをつけられている?)

そんな不吉な想像を膨らませ、ぞっとしながら背後を確認する。

ぐるりと視線を周囲に一周させると、防犯灯の点滅する電信柱の下に制服姿の少女が立っているのがわかった。下のみ制服の黒いプリーツスカートで、上はグレーのパーカーを合わせている。スカートの形だけでは、高校を特定するのは難しい。中学生の可能性だってある。

彼女は、杏の視線を感じてか、俯《うつむ》けていた顔を上げた。

点滅する防犯灯の明かりが、こちらを向いてにやっとした彼女の顔をひどくいびつに見せていた。光を映《うつ》さない黒々とした目だった。長めの髪は、後頭部の低い位置でひとつにまとめられている。

彼女は小首を傾《かし》げると、なにかを訴《うった》えるように口をぱくぱくと動かした。

杏は金縛《かなしば》りにあったような心地になりながらも、繰り返される口の動きに注目した。

目を凝らすうち、彼女は杏に「見てるよ」と伝えようとしているのだと理解する。肌が粟立《あわだ》った。なにを見ている？　――杏を？

時間が凍り付いたかのように感じられた時、向こうの通りからスーツ姿の通行人が現れた。三十代の男性だ。帰宅途中らしく、足早にこちら側へ向かってくる。

その通行人は、ぎゅっと身を縮めて立ち尽くす杏をいぶかしげに一瞥《いちべつ》するだけで、あとはなんのアクションも見せることなく通りすぎていった。電信柱の下に立つ制服姿の少女には目もくれなかった。

（見ようともしなかったってことは、この女の子ってまさか――幽霊？）

杏は唾液《だえき》を飲み込むと、転がるような勢いで駆け出した。

本当、安易な冒険なんてするものではない――。

2

「――で、君。なんでその話を俺に聞かせていいと思ったの？」

金髪の美男子が、正気を疑うような目を杏《あん》に向けてそう尋ねた。

彼以外の職人たちも、似たような視線をこちらに向けてくる。

秋のあたたかな日差しが降り注ぐ土曜の午後三時。

杏たちは、オープンカフェよろしく「ツクラ」の工房前に置かれているテーブル席につき、お茶会もどきを開いていた。

本来なら今日の杏のバイト時間はクローズまでなのだが、オーナーの指示で先ほど早上がりが決定した。先週のうちに仕入れ予定だった木材が未《いま》だ不着の状態というアクシデントがあり、職人たちの作業が遅滞気味らしい。その関係で、しばらくの間はショップのクローズ時間も不規則になるかもしれないという。

杏のバイト先の「ツクラ」は、取り扱《あつか》うチェアの種類でショップのフロアを区分している。アンティークチェアを専門にしているのが「TSUKURA」で、職人たちが手がけるオリジナルチェアを販売するのは「柘倉《つくら》」だ。どちらもヨミは『ツクラ』。製作工房は、ショップとは別の場所に設《もう》けられており、職人たちは普段そちら側に詰めている。

バイト歴が半年未満の杏には彼らのような椅子製作のノウハウなどないので、仕事内容はもっぱらショップ側の「ツクラ」の店番だ。ただ、展示品の販売のみなら専門的な知識がなくたって対応できるが、オリジナルチェアの見積もり相談やアンティークチェアの説明を客から細かく求められた場合は、職人たちを店のほうへ呼び出す必要がある。

今はなるべくそうした呼び出しの負担を減らし、彼らのスケジュールを立て直したいらしい。幸か不幸か今月は客足も鈍《にぶ》いので、通常より早く店を閉めても売り高自体はそう変動しないだろうという理由もある。

杏個人で言うならバイト時間の短縮は少し困るが、その期間はいくらか手当てをつけてもらえると聞き、内心ほっとしていた。ほしい椅子があってお金を貯《た》めている最中である。時々欲望に負けて無駄遣《づか》いをするせいで、目標金額にはまだ到達していない。

そういった事情で、いつもより早い時間に帰り支度《じたく》をしながら「このまま帰宅するのも味気ないし、遠回りして港側のデパートにでも行ってみようか」と考えていた時に、工房から再び連絡が入った。

電話の主《ぬし》は職人の室井武史《むろいたけし》で、話の中身は「妻がさっき洋梨《ようなし》のパイを持ってきたので、よかったら皆とこっちで食べませんか」という魅惑的なお誘いだった。

室井の妻である香代《かよ》と、杏はつい最近会っている。なんなら室井に内緒で連絡先を交換し、時々メッセージを送り合ってもいる。香代に教えてもらったスイーツレシピは杏の家宝だ。彼女お手製の洋梨パイなど絶対に美味《おい》しいに決まっているので、杏は迷わず「今から工房へ行きます」と答えた。

急いでそちらへ向かえば、「ツクラ」お抱《かか》えの職人全員が揃《そろ》っていた。

全員と言っても、オーナーも含めてわずか四人しかこの工房には存在しない。

工房内での飲食は基本禁止とのことなので、杏たちはぞろぞろと外に出た。

「ツクラ」の工房は、横長に造られた一階建てのプレハブだ。資材を収納する小屋がすぐそばにあり、その横に軽トラックと職人たちの自家用車がとめられている。

周囲には秋の色に輝く木々が密生しており、人家の類《たぐ》いは近くに見当たらない。

工房の正面側は、枯れかけの雑草が群生している。そこに、職人たちが手慰《てなぐさ》みに製作した木製のオブジェ類が、土から顔を出した土筆《つくし》のようにぽこぽこと置かれている。ネジやボルト、ナットなどの部品の形を模したチェアに、歯車形のテーブルもある。中には、用途不明なオブジェも紛《まぎ》れていた。

(前にこっちへ来た時よりも、外のオブジェが増えてる……?)

杏は首を傾《かし》げた。記憶違いではなさそうだ。

なんだろうこの、プレハブのまわりにランダムに配置された、妙なポーズで項垂《うなだ》れるペンギンシリーズのオブジェは。全部で五体……いや、小屋の影や、向こうの木陰《こかげ》にも置かれている。しかもひとつひとつがそこそこ大きい。五十センチから七十センチくらいはありそうだ。そしてよく見たら、木々の枝にまで木製の小鳥のオブジェが置かれている。

（職人たちの遊び、本気出しすぎじゃない？）

それらのペンギンシリーズをじっと見る杏の腕を、職人の一人である島野雪路《しまのゆきじ》がそっと引いて、部品シリーズのチェアに導いた。

雪路は杏と同い年の少年だ。じゅうぶんイケメンの部類に入る整った顔立ちなのだが、目つきが鋭すぎるせいか、少しばかり近寄りがたい不穏な雰囲気を漂《ただよ》わせている。実際は気のいい親切な少年なので、本人にもどうにもしがたいその物騒な印象のおかげでかなり損をしていると杏は思う。

しかし不思議な話だが、最近は、そうした不穏な気配が彼からすっと消えたように杏には感じられるのだ。たとえるなら、憑《つ》き物《もの》が落ちたかのような――。なんにせよ、いいことには違いない。

彼と同じつなぎの作業服を着た他の職人たちも、部品シリーズの椅子につき、テーブルに香代お手製の洋梨のパイを広げた。白い箱の中で、洋梨のソースがたっぷりとかけられた飴色《あめいろ》のパイは、秋の午後の日差しを受けてつやつやと輝いている。パイのお供《とも》には、ホットのジンジャーティーだ。

その後、「わあ美味しそう」「どうぞどうぞ」と、和気藹々《わきあいあい》と皆でパイを分け合いながら、杏は水曜日の夜の話を彼らに聞かせた。例の、女優猫との冒険譚《たん》に、少女の幽霊との遭遇《そうぐう》についてをだ。アンティーク品かもしれないあの優美な脚のチェアについても、ちらっと。

——そして、冒頭に戻る。

「少女の幽霊って……、それ、パイを食べながら話すようなことか？　お茶の時間に幽霊の話をしてはいけないっていうマナーを知らないの？」

金髪の美男子が、切り分けたパイの一切れを杏の紙皿に載せながら、濁《にご》った目を向けてきた。

「そんなマナーははじめて聞きましたし、たとえどんな話であっても香代さんお手製のパイの美味しさは変わりませんよ」

「そういうことは聞いていないんだよ。……室井武史も鬱陶《うっとう》しく頬を染めて喜ぶんじゃない。おまえの妻を称《たた》える場面でもないんだ」

キレ気味に反論したこの金髪の彼こそが「ツクラ」のオーナー、ヴィクトール・類《るい》・エルウッドだ。二十代半《なか》ばの外見で、貴公子然としており、とにかく顔がいい。肌は透き通るほど白く、瞳はガラス玉のような胡桃《くるみ》色。外国人にしか見えない華《はな》やかな容貌《ようぼう》だが、まともに話せるのは日本語くらいだという。今日はグレーの長袖《ながそで》のトップスにスウェット生地の黒いパンツを合わせている。

この疵《きず》のない美貌《びぼう》とは裏腹に、性格のほうは、少々問題ありだ。いや、少々どころではないかもしれない。

常《つね》に椅子愛が迸《ほとばし》りすぎる上、引きこもりの人類嫌いという、わけのわからないスペックの持ち主である。杏がバイトを始めたばかりの頃なんて、こちらへの指導を露骨《ろこつ》に嫌がり、ろくに目さえ合わせてくれなかった。おまけにフルネーム呼びだった。

だが、そんな不可解な変人にいつの間にか恋してしまった自分こそが、一番わけがわからない。恋は盲目とはよく言ったものだ。

「杏のせいで死にたいゲージが溜《た》まってきた」

ヴィクトールがフォークの先でパイをつつきながらぼやいた。

「そんなゲージは捨ててください」と牽制《けんせい》したのち、杏は眉《まゆ》を下げた。

「いえ、幽霊少女の話をメインにしたかったわけじゃなくて、本当になんだか、不思議な体験だったんですよ。女優猫のあとを追いかけていったら、突然見知らぬ場所に行き当たったというか、まるで異国に飛び込んでしまったみたいな……」

「いいですね、そういうロマンある冒険譚みたいな感じ。素敵な体験じゃないですか」

と、杏の話を好意的に受けとめてくれたのは、室井だ。四十代の既婚者で、穏和な性格をしており、年下の杏にも丁寧な話し方をする。が、容貌はどう言い繕《つくろ》っても冷酷《れいこく》なヤクザそのものだ。青白い顔に、オールバックの髪。唇も薄く、鼻筋も細い。

だが、彼が手がける作品は、そんな強烈な容姿からは想像できない愛らしいデザインが多い。

花や果実、スイーツなどといった女子向けのモチーフが得意なのだとか。

「ちょっと『不思議の国のアリス』みたいですね」

にっこりする室井に、杏は照れた。

(室井さんは乙女《おとめ》心に通じている……)

彼の隣で既に二切れ目のパイを食べていた雪路は、微笑《ほほえ》み合《あ》う杏たちに共感しかねて微妙な表情を浮かべている。余計な発言はしないほうがいい、とはわかっているようだ。だが、そういう思いやりの精神とは無縁の人がここにはいる。

「ああ、首狩り族のような女王が登場する小説だろ?」

ヴィクトールが夢も希望もない発言をした。雪路がやめろと言うように目で合図しているが、ヴィクトールには通じない。

「処刑と言えば斬首《ざんしゅ》、みたいな殺意にまみれた信念を持っているよね。あの首狩り女王」

「ヴィクトールさん、言い方」

杏は抑揚《よくよう》のない声で突っ込んだ。台無しだ。

「実際の首狩りは単なる処刑目的じゃなくて宗教的、呪術的《じゅじゅってき》な意味合いがあるんだけれどね。土地を巡《めぐ》る戦いとか。興味深いのは、こうした首狩りの慣習は狩猟民族にはあまりなくて、農耕民族に多いってことだ」

誰もその部分の詳《くわ》しい説明まで求めていない。

雪路が喉にパイを詰まらせ、咳《せ》き込《こ》んでいる。

ヴィクトールの横に座っている工房長の小椋健司《おぐらけんじ》も、笑っていいのか咎《とが》めていいのか決めかねた顔つきで、静かにジンジャーティーを飲んでいた。

「ヴィクトールさん、首狩り事情から離れて」

杏はもう一度突っ込んだ。それこそパイを食べている時にする話ではない。

拒絶が許せなかったのか、ヴィクトールが反抗的な視線を杏に向けてくる。

「杏の話のどこがその小説みたいなんだ？　そもそも主人公のアリスが追いかけるのは兎《うさぎ》だろ。女優猫ってなんだよ。猫の世界に演劇があってたまるか」

「……注目するのはそこじゃないんです！　こう、印象的な猫を追いかけたら、不思議な場所に迷い込んだっていうところに注目してください」

「ああ、うん。狐につままれたみたいな感じか……？」

雪路が杏を落ち着かせようとしてか、苦し紛《まぎ》れの感想を漏らす。

（気遣いはありがたいけど、そうじゃない。もっと違う表現があると思う！）

室井のように乙女思考を肯定《こうてい》するスキルが、この人たちにはない！

「狐もいい迷惑だな。他人の脳内で発生したバグの責任を押し付けられるなんて」

デリカシーの道を逆走しているヴィクトールの反応に、杏はいよいよむきになった。

「方向感覚が狂ったせいで、そんな錯覚《さっかく》を起こしたんだろうとは自覚しています。でも、本当にその時は、景色が別世界のものと取り替えられたような気持ちがしたんですよ」

椅子から軽く腰を浮かせて力説していると、室井が微笑ましいものでも見るような目をこちらに向けているのに杏は気づいた。頬がかっと熱くなる。

(室井さん、聖母の眼差《まなざ》しはやめて……)

ヴィクトールのつれなさに、むきになっただけではない。自分があの時に体験した不思議な感覚を彼らにもどうにかわかってほしくて、杏は必死になっている。親の気を引きたがる子どものような振る舞いだ。

「なるほどねえ。たとえるなら『或《あ》る第四次元の世界』ってやつか。景色の裏側に別の世界が実在するって考えるのは、確かに夢があって楽しいよな」

深くうなずきながら、小椋がにやりとする。

恰好《かっこう》いい表現でフォローしてもらえて、杏は笑顔になった。求めていた反応がもらえて嬉しくなる。

小椋は、この工房では最年長だ。白髪《しらが》の混じった胡麻塩《ごましお》頭は、さっぱりと短く整えられている。首も太く、無精髭《ひげ》のある顎《あご》も四角く、体格も立派。二の腕など、ぐっと力をこめると見事な筋肉の瘤《こぶ》ができる。年齢を感じさせない若々しさは素晴らしいが、どうにも強面《こわもて》すぎるのが難点か。本人には言えないが、黒いつなぎを着て歩く姿など、山からおりてきた熊のようにしか見えない。反して気性は、優しく繊細《せんさい》だ。

工房の職人たちは、本当に厳《いか》つい外見で損をしている。この間なんか、小椋が店の扉からぬうっと姿を現した瞬間、客が目を逸《そ》らしてそっと去っていった――。

「なるほど、つまり杏はモルヒネ中毒の患者だと」

ヴィクトールが紙皿の上のパイをフォークで器用に小さく切り分けながら、耳を疑うような発言をする。

(どこから出てきた、モルヒネ中毒)

杏は愕然《がくぜん》とした。ヴィクトールの頭の中はどうなっているのだろうか。

「えっモルヒネって、マジなに言ってんのヴィクトール」

雪路もはっきりと引いた顔をしている。室井もティーカップを持つ手を途中で止め、うわあ……というような表情を浮かべてヴィクトールを見ていた。

元凶《げんきょう》のヴィクトールは、あからさまに心の距離を取った杏たちの顔を眺めると、不思議そうに首を傾げた。

「なんで俺を変な目で見る？　小椋健司が杏をそう評価しただろうに」

「待て待て、違う。俺はそんなつもりで言ってないからな、違うぞ、杏ちゃん！」

責任転嫁《てんか》された小椋が慌てふためき、分厚い手を顔の前で大きく振る。

「違うもなにもないよ。〝或る第四次元の世界〟。それって『猫町』の一節だろ」

淡々とした口調で反論するヴィクトールに杏は目を向け、猫町、と繰り返した。

ヴィクトールは、紙皿の上で小さく切り分けたパイのひとかけらをフォークで刺すと、「食べる?」と聞くように杏のほうへ近づけた。いやいや食べませんって! と、杏は先ほどの小椋のように手を大きく振った。

なぜ皆の前でモルヒネ中毒患者だと事実に反する指摘をされながら、彼の手でパイを食べさせられそうになっているのか。状況の不可解さに混乱しそうだ。

ヴィクトールに対する杏の密《ひそ》やかな恋心を知っている室井が、ここで意味深な微笑を向けてきた。いちゃついてるなあ、いいねえ、と言いたげなその目、本当にやめてほしい。無意識に思わせぶりな行動を取るヴィクトールに、杏は振り回されているだけだ。

「それに、景色の裏側云々というのも、『猫町』にある表現だよね」

「おう、そうそう。ヴィクトール、わかってんなあ」

嬉しそうに肯定した小椋が、はっと杏を見る。

「いや、ヴィクトールの説明で合ってるんだけどよ、中毒者とかって言いたいわけじゃなくてな。誤解しないでくれ」

「『猫町』って、あー、わかった。萩原朔太郎《はぎわらさくたろう》の?」

ヴィクトールと小椋を交互に見ていた雪路が、納得したようにうなずいた。

萩原朔太郎……と考え込む杏を、ヴィクトールが冷ややかな目で見る。パイを拒否されて少しむっとしているようでもあった。

「現役高校生の学力とは……」

「わかります、萩原朔太郎！　ちょっとすぐには思い出せなかっただけで！　……ええと、あれです、『月に吠《ほ》える』の人ですよね」

急いで解答を引き出しながらも、杏は内心焦《あせ》った。

『猫町』という題名の物語のほうはまったく記憶にない。当然、どんな内容かもわからない。有名な『月に吠える』のほうだって、タイトルのみをかろうじて知っているという程度だ。

（あ〜！　ヴィクトールさんはいつも不意打ちで私のなけなしの知識を試してくる！　いや、今回の発端《ほったん》は小椋さんだけども！）

小椋という男は、武骨な見た目に反して意外にも読書家だ。杏が女優猫の話を始めたので、そこから『猫町』というフレーズを連想したのだろう。

「あれってどんな内容だったたっけ。俺、『猫町』は読んだことないや」

雪路がとぼけた顔で言う。

杏はすぐに彼の発言の意図を察した。これはたぶん、横で青くなっている自分を助けようと、嘘を言ったに違いない。

そっと雪路の横顔をうかがえば、杏の視線に気づいた彼は照れたようにはにかんだ。

杏はささやかなその気遣いに痺《しび》れ、まだ口をつけていなかった自分のパイ皿を、礼の代わりに彼のほうへ移動させた。

「この話は簡単に言やあ、主人公の男が、杏ちゃんみたいにちょいと道に迷った時にな、別の町に来てしまったかのような体験をするんだよ。その異質な町では、ある瞬間、すべての人々が猫に変わる……主人公の目にはそう見えるようになるんだ」

小椋が概要《がいよう》を説明しながら、自分のパイ皿を杏のほうにそっと押した。

杏は小椋の気遣いと優しさにも痺れた。感謝の笑みを向けると、小椋も微笑んだ。

この密かなやりとりを見ていたヴィクトールが、「俺だって優しいだろ」と主張するように、フォークに刺したパイのかけらを再び杏の顔に近づける。杏は笑みを消し、無言でその手を押しやった。

「幻想的な物語なんですね」

杏が気を取り直して相槌《あいづち》を打つと、ヴィクトールは鼻白《はなじろ》んだ。

「その主人公がモルヒネ中毒者なんだぞ。だから小椋健司は、間接的に杏もそれと同様の幻覚を味わったと言ったんじゃないか」

「ヴィクトール、やめろ。そういうこっちゃねえんだよ」

小椋が即座にヴィクトールを窘《たしな》めた。

不思議な猫町に迷い込んだという体験が似ている、という小椋の肯定的な意見が、身も蓋《ふた》もないヴィクトールの説明で見事に爆破されている。

室井からも批判的な視線を向けられたヴィクトールはすっかり不貞腐《ふてくさ》れ、紙皿の上のパイを無駄に細かく切り分け始めた。

(ヴィクトールさんって、話はズレているわけじゃないのに、なにかが大きくズレている……)

ヴィクトール自体が杏にとっては「或る第四次元の世界」のような、謎《なぞ》にまみれた存在だ。彼との会話中、めくらましをされているかのような感覚を味わうことがたびたびある。感性が独特なところもだが、着眼点が杏たちとは指一本分異なっているように思える。

「俺は、その不思議な家の庭にあったという椅子が気になりますね」

室井が場の微妙な空気を取りなすように明るく言う。

「はい、個性的な脚の椅子でした」

杏もそれに乗っかり、微笑んだ。

そもそも、なぜ杏が『猫町』に迷い込んだ話をしたかというと、奇《く》しくも工房に、似たタイプの壊れた椅子が置かれていたからだ。この形の椅子はこれまで「ツクラ」では取り扱っていなかったため、このタイミングでの偶然に驚く。

「あの。工房内にあった壊れかけの椅子って、お客様に修理を頼まれたものでしょうか?」

杏が問うと、室井は少しきょとんとしたが、軽くうなずいた。

「ええ、そうですよ。アンティークというと大げさになりますが、それなりに古い家具ですね。うちで直せないこともないですが、座面がなあ……」

「なにか問題が？」

「座面と背もたれは籐編《とうあ》みなんですが、張り替えが必要でね。既製品のシートを使えばいくらか安く上がりますが、こちらで一から編み直しをすると少し値段が変わってくるんですよね。そのあたりの価格の差が悩ましい」

客側が提示する修理代では採算が合わないという意味だろうか。

「しかし、あの椅子がどうかしましたか？」

室井は深刻な空気になる前に表情をやわらげ、杏に尋ねた。

「猫屋敷の庭にあったチェアって、工房で預かっているその椅子と形がよく似ているんですよ。脚の部分が蔓《つる》みたいにくるんとしたロッキングチェアだったんです」

「へえ。じゃあその猫屋敷とやらにあったのも、もしかしたらベントウッドチェアかな」

皿の上でパイ殺害事件を起こしていたヴィクトールが、杏たちの話の流れに興味を示して目を輝かせ、口を挟《はさ》んだ。

こういう、時折見せる無邪気なところが憎《にく》めないのだと杏は思う。

「ベントウッド……ですか？」

「曲げ木のことだよ。ベントウッドチェアは現在も至る場所で使用され、普及している有名な椅子だ。企業から一般家庭までね。誰でも一度は座ったことがあるんじゃないかな」

楽しそうに語るヴィクトールの姿に、杏は目がちかちかする。

自分よりずっと年上の男性をなんだかかわいいと思ってしまうのは、おかしいだろうか。

「そんなに有名な椅子なんですか。日常に溶け込むようなデザインだから、意識して見ないとその存在に気づかない、みたいな……？」

「いい表現だ。杏は知識がなくてもうまく本質を探そうとする。そこは好きだよ」

ヴィクトールに嬉しげに笑いかけられた杏は、すっと仏眼《ぶつがん》になり、「お褒《ほ》めくださり誠《まこと》にありがとうございます」と凪《な》いだ心で返事をした。

私はもうこの程度の、誤解を招くヴィクトールさん語録なんかでは惑《まど》わされない。惑わされないったら……。

「なんでそんなに改まって感謝する？　君はよく俺に見惚《みと》れるけれど、そのたびごまかそうとして奇妙な行動を取るよね」

「ヴィクトールさん」

そうだ、この人は決して天然ではない。自分の顔のよさもしっかり理解しているので、他者が見惚れることになんの疑問も抱《いだ》かない。……そのせいで、なおさら始末に負えないことになる。

他者にうっとりされるのが当たり前すぎて、そこに本気の恋心が潜《ひそ》んでいるかどうかまでは考えない。ある意味、今話していたベントウッドチェアみたいなものだ。意識しない限りはその存在に気づかないというような。

だからヴィクトールは、他意のない言葉で動揺した事実を隠したい、というこちらのなけなしのプライドにもまったく頓着《とんちゃく》してくれない！

杏は、きゅっと眉間《みけん》と顎に力を入れた。

「え、急になんだよ、そのパグみたいな顔。おまえたちまで揃って杏と似たようなしわくちゃの顔をして俺を睨《にら》むのは勘弁してくれないか。……ともかくも、ベントウッドチェアは派手さこそないが軽くて、丈夫だ。女性でも楽に運べるよ。杏がその庭で見たのはロッキングチェアのタイプなんだろ？　曲げ木のチェアは、もちろん普通の形も生産されている。というより最初に製作されたデザインがそっちだ」

「そういや、うちではあんまり扱わないタイプの椅子だよな。修理の依頼も今回がはじめてじゃないか？」

小椋がふと口を挟む。室井も小さくうなずいている。

「いや、アーム付きのタイプならショップにも置いているよ。座面がラタンじゃなくて合板のやつ」

そう言い返すヴィクトールに、小椋が首を捻《ひね》る。

「あー、あったな。だがありゃ、すぐに売れただろ。バーに置きたいっつう客がセットで四脚購入していったはずだ」

「そうだっけ？」

記憶を辿《たど》るように視線をゆらすヴィクトールに、小椋が一度大きくうなずく。

「そうだよ。ガタつきと小さな傷の補修程度で、すぐに仕上がっただろ」

「俺が直したのか、それ?」

ヴィクトールが自分を指差して確認すると、小椋は鼻で笑った。

「なんでだ。俺だっつの。もの足りねえから、ちょいお高めだってヴィクトールが胸を張っていた塗料《とりょう》を使ってぴかぴかにしたじゃねえか」

そう胸を張る小椋に、ジンジャーティーを飲み干した室井がぬるい目を向ける。

「そうそう、工房長の記憶が正しいですよ。そこまでの大掛かりな修理は必要なかったのに、塗《ぬ》ってから磨《みが》いて、また塗装したんで、結局かなりの手間になったでしょう」

「……や、そうだったか」

小椋が気まずげに肩を縮めた。

「ええ。確か購入したお客様はカウンター用の椅子にするとおっしゃっていましたね。それで、カウンターテーブルのほうは、『MUKUDORI』さんに製作を依頼したはずです」

「あ、それって杏が入ってくる前の話だろ。俺、カラーを合わせたいからって、星川《ほしかわ》さんに椅子の写真撮らされたもん」

そこで雪路も彼らの会話に参戦した。

「そうでしたね。でもヴィクトールさんが忘れるなんて、珍しい」

室井がちらりとヴィクトールを見る。雪路と小椋も彼のほうに目を向けた。

「……俺は、手元から飛び立った椅子に未練は残さないんだよ。去るものは追わない主義だ」

全員の視線を避けるようにヴィクトールが横を向き、なにやらおかしな言い訳を始める。

「ヴィクトール、それ恰好つけて言う必要あった？　っていうか、あの椅子の修理を頼まれた時、ヴィクトールが星川さんに構われすぎて、人類滅べとかって呪《のろ》いの言葉を吐いていた記憶があるんだけど。その挙げ句、数日引きこもったじゃないか。引きこもるついでに嫌な記憶も丸ごと消したんじゃないの？」

「ああ、それで小椋さんが椅子を補修していた時の記憶までも、きれいに抹消《まっしょう》されたんですね」

室井と雪路が視線をかわしてにやにやした。彼らはヴィクトールに容赦《ようしゃ》がない。

わいわいと盛り上がる職人たちを、杏は「仲良しだなあ」と微笑ましい思いで眺めた。が、雪路たちにからかわれて、ヴィクトールの機嫌が再び下降し始めている。

これまでの経験上、いじけたヴィクトールをケアせず放っておくと、こちらにまで被害が生じかねないので、杏は愛想笑いを顔に張りつけた。

「それにしても素敵な椅子ですよね、その、曲げ木の椅子」

さあ好きなだけ椅子談義をどうぞ、今日はとことんお付き合いしますよ、という気持ちで杏はヴィクトールを見つめる。

ヴィクトールの眉間に、つつきたくなるほど深い皺《しわ》が刻まれた。

「最近の君ってさあ、椅子の話をしておけばとりあえず俺の機嫌が直るって思ってない？」

「とんでもない」

杏は平静を装いながらも内心焦った。おっしゃる通りだ。

「そこまで単純じゃないいんだけど。俺だって人並みに読書もするし映画も見るし、普通のこともするよ」

「でもヴィクトールさんって、椅子作りに疲れた時は、気分転換に他の椅子を作る、とか言うタイプじゃないです？」

余計な一言だった。

小椋たちは笑ってくれたが、肝心《かんじん》のヴィクトールの機嫌が急降下してしまった。

（まずい。逆に怒らせたかも。でも、ヴィクトールさんが普通の人のように別の趣味に没頭《ぼっとう》するとは思えない）

杏はさりげなく失礼なことを考えた。

だいいちヴィクトールに椅子製作以外の趣味などあるのだろうか？　今、本人の口から読書や映画だと聞かされたが、それだって実際は熱中するレベルではないだろう。

彼は杏の恋する相手だけれども、椅子関連以外ではなにを話したらいいのかさっぱりわからない。私生活の風景だって想像するのが難しい。

「俺は小椋健司のように読書好きな男でもあるんだ。そうそう、首狩り族の女王の話だけどさ」

口を噤《つぐ》む杏を見てなにを思ったのか、ヴィクトールがにっこりした。が、目は笑っていない。

「そのストーリーの中で、女王が裁判を起こした理由を知っている？」

「え、いえ」

「タルト……つまりパイが盗まれたからなんだ。俺は女王と違って寛容《かんよう》だし趣味も多彩な男だから、パイを盗まれても処刑なんかしないよ」

ヴィクトールは、どうぞと言うように紙皿の上で細かく砕《くだ》かれたパイを杏側に押しやった。

杏はその紙皿を押し戻した。盗みを推奨《すいしょう》されても……というよりこれは単なる押し付けではないだろうか。

それに、いくらヴィクトールのことが好きでも、ここまで無惨《むざん》に砕かれたパイは、ちょっと。


お茶会後、皆にからかわれたせいか、ヴィクトールは見る見るうちに鬱屈《うっくつ》し始めた。その彼をあの手この手で宥《なだ》めたり工房の掃除を手伝ったりして、杏が帰路についたのは結局いつもと同じ時間だった。

小椋たちが車で送ろうかと親切に申し出てくれたが、工房内の木棚の縁《ふち》に貼り付けているスケジュール表を杏が笑顔で指差すと、彼らは水やりを忘れられた鉢植《はちう》えのようにしおしおになった。気持ちはありがたいものの、今月は店のクローズ時間も不規則になるくらい作業の進みが遅れている。彼らはこのあとも仕事に勤《いそ》しみ、スケジュールの遅れを取り戻さなくてはならない。

この間と同じなようで違う今日の帰り道。杏はやはりコンコンと軽い靴音を響かせながら家路を急いだ。

ただし今日はローファーではない。土曜日なので私服だ。オーソドックスなレースアップのショートブーツに、ワイン色のタイツ、縁にレースが施《ほどこ》された膝上の黒いプリーツスカートを合わせている。上は、生成りのニットセーター。そろそろマフラーも巻いたほうがいいかな、と杏は、前よりも膨らんだ月を見上げてそう考えた。遠くから車の走行音が聞こえてきたが、杏の周囲には通行人の姿もなく、ずいぶんと静かなものだった。

こうも静かだと、答えの出ない問題をとりとめもなく頭の中で弄《もてあそ》んでしまう。

来年は高校最後の年だ、そろそろ本格的に受験の準備を始めないといけない。学力ももう少し伸ばしたい……この頃は、理解力が多少は身についたのか、今まで苦手に感じていた英語の勉強が楽しくなってきた。平日の夜、バイトのない日に塾へ通おうか。志望大学のランクを上げてもいいかもしれない。それができれば、この町からさほど離れていない大学だってじゅうぶん狙《ねら》えるはずだ。

卒業後のバイトの継続はさすがに無理だろうが、あの人に恋し続けても大丈夫な距離ではないだろうか――いや待てよ、不純な動機で志望大学を決めるのもどうなのか。ちゃんと将来のためになるところを選ばないと。でも学力アップはいいことだ。自分が将来どんな仕事に就きたいのか、それすらまだ摑めていないけれども。

（あー…、私これ、きっと他の子よりスタートが遅い）

自分の未来を考えるとどこまでも悩みの底に落ちていきそうだったので、杏は深呼吸した。なんとなく振り返り、ショップのある方向を見やる。杏が今いる地点からは、「ツクラ」のある煉瓦《れんが》倉庫はもう見えなかった。

視線を正面に戻して、杏はまたとりとめもない考えに浸《ひた》る。

ヴィクトールは、うぬぼれでなければ、他の人よりも少しだけ自分のことを特別に思ってくれているのではないだろうか。この間の、カクトワールにまつわる騒動の時に、抱きしめられた気がする。

あれはどういう意味でのハグだったのだろう。落ち込む自分をただ慰《なぐさ》めようとしただけなのか……。

「あっ」

杏はふと声を上げて、足を止めた。

崩れかけの石塀《いしべい》から白い塊《かたまり》がひょいっと姿を現し、アスファルトに降り立った。

見覚えのある猫――杏が「女優猫」と命名した、しなやかな身体つきの白猫がそこにいた。

今日は女優猫だけではなく、仲間らしき黒猫も一緒だった。そちらは白猫よりも体長があり、きりっとした目つきをしていた。体毛が黒いため、夜の色に沈んだアスファルトと同化して見えた。女優猫の影のようにさえ見えた。

二匹は、ちらっと杏を見るとすたすたと歩いていく。

ひょっとして恋人ならぬ恋猫同士なのだろうか。

猫相手に羨望《せんぼう》の目を向ける自分に杏はおかしくなりながらも、靴音を立てて驚かせないよう注意し、二匹のあとを追った。というよりも、途中までは猫たちの進行方向と帰路が同じだ。

今日はついていかないぞ、と決意していたのに、例の左右の道の幅が狭まっている歪《いびつ》な十字路まで来ると、右側に向かった白猫が杏を振り向いた。「なにしてるの？　あなたも来るんでしょ？」と、杏を急《せ》かすように鳴く。

杏はぐうっと唸《うな》って、正面の道と猫の進んだ道を順に見た。ここまで、前回と同様の展開だ。

（……中間テストが今月の下旬に控《ひか》えているんだけどな！）

ええ、行きますよ行きますとも。行っちゃうんだからね。

所詮《しょせん》、杏の決意なんて夏のかき氷同然だ。あっさり溶ける。だいたい、女子は恋と猫と冒険に弱いものと決まっている。

そうして二匹の猫を追いかけ、次第に方向感覚も怪しくなってきた頃、気づけば杏はあのアンティークなランプ形の街灯が並んだ先にある不思議な猫屋敷の近くまで来ていた。オレンジ色の明かりは煌々《こうこう》と、幻想的な輝きを周囲にもたらしている。

『猫町』の主人公みたいにモルヒネなどもちろん使用していないのに、またも杏は異国の町に入り込んでしまったかのような感覚に陥《おちい》っていた。どこか現実味がなく、酔《よ》ってでもいるかのように意識がふわふわとしている。

杏がこめかみを押さえた時、にゃあんという複数の猫の鳴き声が耳に届いた。女優猫たちが駆け足になって屋敷のボーダーフェンスを身軽に飛び越えた。

（やっぱりあそこの庭って猫の集会所になってない？）

ボーダーフェンスの向こうにある広い庭には前と同様に、不要と思《おぼ》しき家具や生活用品が山積みにされている。それらの隙間に、ぱちぱちと暗く瞬《また》く猫たちの瞳が見えた。先住猫たる彼らの仲間入りを果たした女優猫と黒猫は、仲良く座面の破れているソファーに座った。恋猫たちのソファーのそばには、あの推定ベントウッドチェアもあった。

杏は恋猫たちから視線を外してそちらのチェアに神経を注いだ。

今日の午後、ヴィクトールたちにこの猫屋敷の話を聞かせたが、ベントウッドチェアについてはさらりと触れただけだ。もう少し椅子談義を聞けると思ったのにな、と杏は今更《いまさら》残念な気持ちを抱いた。話を聞けずに終わって落ち込むなんて、もうすっかりヴィクトールの椅子愛に毒されている。

椅子に誘い込まれるようにして杏は庭のボーダーフェンスに近づいたが、途中ではっと我に返った。性懲《しょうこ》りもなく庭の近くをうろうろしていたら、この屋敷の住民にまた不審者扱いされてしまう。

冷静になれば、なぜ再びここへ来てしまったのか、と自分の考えの足りなさに呆《あき》れしか感じない。椅子の写真を撮れるわけでもなし、猫たちと遊べるわけでもなし――いや、なにか楽しみがあるわけではないと本心ではわかっている。ただきっと、そこに辿り着くまでのわくわく感をもう一度味わいたかっただけだ。

杏は一歩後退し、未練を断ち切るように勢いをつけて、くるっと方向転換した。そのまま駆け出す気でいた。ところが。

「――ひっ」

引きつった声が自分の口から漏れた。

方向転換したところに、あの幽霊少女が立っていた。

杏は驚きと恐怖で膝の力が抜け、その場にへたり込みそうになった。

少女は、前回と同じグレーのパーカーに制服のスカートという恰好をしていた。ひとつにまとめた髪は少し乱れている。中で身体が泳ぎそうなくらいに大きいパーカーはずいぶんとくたびれていて、あちこちに毛玉ができていた。それが妙にリアルな生活感を醸《かも》し出《だ》しており、杏を戸惑わせた。が、すぐにその感覚は恐怖で覆《おお》われる。

「ねえ、そこでなにしてたの？　あなたって前にもここに来てたでしょう？」

「――え?」

少女は、俯《うつむ》けていた顔を上げ、杏に尋ねた。

少女は杏よりも背が低く、童顔だった。痩《や》せているせいで、大きな瞳がぎょろぎょろして見えた。杏は、とっさに痩せ細った捨て猫を連想し、勝手な後ろめたさを覚えた。

「あはは、なあに、その顔。幽霊でも見たような顔してる」

少女は目尻を痙攣《けいれん》させて笑った。

杏は身を強張らせて口を何度も動かしたが、肝心《かんじん》の声は出てこなかった。

以前にも、目の前の少女が言ったように、「幽霊でも見たような顔をしている」と杏をからかった子がいる。アンナという名の、ゴスロリ服を着たかわいいクイーンだ。

しかし蓋《ふた》を開けてみれば、その少女は本物の幽霊だった。

目の前にいる少女にアンナの姿が重なり、杏は軽く立ちくらみを起こした。

湿度を伴《ともな》ったぎらつく目でじっと杏を観察していた少女が、ふいに嘲《あざけ》りの滲《にじ》むような表情を浮かべた。

「あなたは、わたしの姿が見えるんだよね?」

「えっ、姿が見える、ってどういう――」

「あなたが思っている通り、わたし、幽霊なの。普通の人は見えない。見える人も、中にはいるけど」

意味深な発言をして、またこちらを不気味な目で見据《みす》える少女に、杏は気圧《けお》された。自分は幽霊なのだと、こんなに堂々と自己紹介されるのははじめてだ。

「もしかしてわたしの言葉を疑ってる？」

「いや、あの、疑うっていうか――」

杏は混乱し、しどろもどろに答えた。

好奇心に負けて猫を追いかけた自分が悪いのだとは理解している。が、どうしてこうも自分のまわりでは不吉な出来事ばかりが発生するのだろう。

「いいよ、わたしが幽霊だって証明してあげる。――ほら、こっちに来たあの人、見える？あの人はね、向こうの家に住んでいる清水《しみず》さんって言うの！　こんばんは、清水さん、清水さん、清水さん!!」

「えっ!?」

少女は、向こうの通りの角からやってきたスーツ姿の通行人――前にも見かけた人かもしれない――のほうに視線を投げると、甲高《かんだか》い声でその人の名を繰り返した。

清水と呼ばれた通行人は、いぶかしげに顔を上げ、わずかに歩調を乱したようだった。

だがその行動は、杏が驚きの声を上げたためなのか、少女の声が聞こえたせいなのかまではっきりと判断できなかった。清水は立ち並ぶ街灯の、ちょうど明かりの外となる位置を歩いていたので、表情を読み取るのも難しかった。

けれどやはり少女の大声に清水は驚いたのではないだろうか。

杏がそう考えた時、再び少女が「清水さん、清水さん！」と耳障《みみざわ》りな明るさで彼の名を呼んだ。

清水は、それに返事をせず、また、少女を見もせず、猫屋敷とは車道を挟んだ斜《なな》め向かいに建っている一軒家に足早に向かった。斜め向かいとはいえ、このあたりは贅沢《ぜいたく》なくらいに隣家との間が広くとられているが、今は周囲も静まり返っている。少女の呼び声が聞こえなかったはずがない。

「ね、あの人、わたしのことが見えていなかったでしょ」

少女は杏に顔を向け、どこか誇《ほこ》らしげな口調で言った。作りものの親しみが彼女の目の奥にあった。

黙り込む杏の様子を気にとめることもなく、少女は笑いながら一方的にべらべらと話し始めた。その間、彼女の目の端はずっとぴくぴくと引きつっていた。

「わたし、目が合った人に取り憑《つ》いて、その人の人生を一緒に生きることにしてるの」

「……人生を？」

杏は逃げることを半ば諦《あきら》め、少女の痙攣する目尻を見つめた。

「そう。他人の人生を覗き見る。だってわたし、楽しいことをなにもできずに死んじゃったんだもの。皆が当たり前にするようなこと、なにひとつ。家族旅行もできなかったし、友達もろくにできなかった。かわいい服もいっぱい着たかったし、髪の色だって変えてみたかった、好きな男の子とデートだってしたかった。普通の子みたいに」

「……好きな子がいたの？」

よせばいいのについ尋ねて、杏は心の底から後悔した。

少女は一瞬驚いたように目を丸くすると、悪意の滲《にじ》む笑みを見せた。

「少し前に同年代の女の子に取り憑いて、中学校に通ったことがあるの。そこで、わたしのことを見てくれる男子がいた。ちゃんと目が合った、だから嬉しくなって微笑みかけた。そうしたらその男子は、『うわ、幽霊と目が合った！』って叫んで逃げていった。これが初恋。ひどい話でしょ。わたしだって恋してもいいじゃない。ねえ？」

杏は返事に窮《きゅう》して、ごくりと喉を鳴らした。

どう答えるのが正解なのか、杏にはわからなかった。下手《へた》な慰めを口にしても彼女の機嫌を損ねるだけのような気がした。

――ふと視線を落とせば、彼女の足元に先ほどの黒猫が座っている。前肢《まえあし》で呑気に顔を撫《な》でながらも、まるでこちらの身を抑え付けるような重い目で杏を見ていた。

（いつの間に）

杏は息を止めた。普通の猫ではない。やっとそう気づいて、全身に寒気が走る。

瞬《まばた》きをするたびに、彼女の足元に侍《はべ》る猫の数が増えていく。一匹、二匹、三匹、四匹……。

この猫たちは、すべて霊だ。

悲鳴を堪《こら》えて、杏は少女の足元をひたすら眺めた。たむろする猫の霊たちはまるで、街灯の明かりにぼんやりと晒《さら》された少女の作る影から出現しているかのようだった。

なにか言わなきゃと杏は焦った。でもなにを。頭の中がぐるぐるする。

自分の望みを叶《かな》えるために他者に取り憑くのだと誇る少女。旅行がしたい、友達がほしい、おしゃれがしたい、男の子とデートをしたい。恋をしてもいいじゃないかと、恨《うら》みと妬《ねた》みをたっぷりこめて主張している。

恋。幽霊も恋をしたがるのか。あぁそう言えば、アンナだって本気で心中を望むくらい一途な恋を求めていた。その前にも、恋だけを大事に握り締めていた幽霊の少女……、いや、少年がいたじゃないか。恋は幸いだ。あの彼は、どうして自分に付きまとったんだっけ。――そうだ、死体だ、死体探しのためだ。

「ねえねえ。それであなたは、なんであそこの庭を覗いていたの？」

ふいに最初と同じ質問をされ、杏はこの時頭の中に浮かんだ言葉をとっさに口にしていた。

――「死体探しのため」にと。

突拍子もない発言だという自覚はあったが、それ以上に杏は混乱していた。堂本《どうもと》アンナや望《もち》月晶《づきあきら》の姿が、拭《ぬぐ》えないインクのように頭に染み付いている。

少女はまた、猫のように目を丸くした。それから、もはやなにを言っていいかわからず茫然と立ち尽くす杏を眺め回し、にんまりとした。

「どうしてわたしの死体が庭にあるとわかったの?」

「庭……って、どこの――あの家の庭?」

杏はおののいた。自分が口にした「死体探し」は、彼女を主語にした話ではない。望月晶だ。

それなのに、これはどういうこと。

「あなたの死体? あの猫屋敷の庭に死体があるの?」

杏は動揺しながら尋ねた。

そんなわけがない。あるはずがない。――祈るようにそう心の中で念じる。

「猫屋敷って! なにそれ。変な人!」

勝手に杏が他家をそう命名したのがおかしかったのか、少女はけらけら笑った。

「あなたのこと気に入ったから、いいよ、見せてあげる」

「は? なに? 見せるって、なにを」

ひどく混乱する杏を見据《みす》えて、少女は「こっち」と、猫屋敷へ足を向けた。足元の黒猫たちもぞろぞろとついていく。

少女は、少し進むと、動けずにいる杏を振り向いて、早く来いというように視線で促《うなが》した。

彼女の足にまとわりつくようにして歩いていた黒猫たちもぴたっと止まり、暗く輝く目で杏を見つめた。

杏は猫たちの不穏な気配を孕《はら》んだ重い視線に逆らえなかった。操られてでもいるかのようにふらふらと彼女たちのあとを追う。

（私、知らない間にモルヒネ中毒になってってない？）

という馬鹿な考えまで頭に浮かぶ。

これは幻覚だったりしないのだろうか。

方向感覚の狂いが見せた、騙《だま》し絵のようなものではないのか。

『猫町』の主人公も今の杏と似た気持ちを抱えていたのかもしれない。冷静な思考が奪われたあとに、空《から》っぽになった身体の中にぎっちりと詰め込まれたのは恐怖と不気味さ、それと、見てはならないものをきっと見てしまうという不幸で不吉な予感だ。一瞬後に襲い来るだろうその衝撃の光景を、前もってわかっていても回避できない。なぜならもうそれは、このあとに訪れる未来からすれば、決定された過去となる現実でしかないからだ。

杏は乾いた唇から震える息を吐き出した。糊《のり》でも塗ったように唇がくっついており、開いた時に少しぴりっとした。

木々がざわめいているかのような、不快な耳鳴りもし始める。手首で耳を強くこすってもその音はやまなかった。寒いと感じるほど涼しい気温なのに、杏の背中は汗でびっしょりと濡れていた。

「――ほら、あそこ。気になるでしょ、掘っていいよ」

少女は、ボーダーフェンスの手前に立って、街灯の明かりがぼんやりとだけ届く暗い庭の地面を指差した。

猫たちが我先《われさき》にとフェンスを乗り越え、がらくたと化した庭の生活用品の隙間にするりと潜《もぐ》り込《こ》む。白い女優猫は破れたソファーの上から動いていなかった。

「死体、あるよ。ほら掘ってよ」

杏は少女の囁き声に押されるようにしてぎこちなく手足を動かし、もたもたとボーダーフェンスを乗り越えた。

手間取るほどの高さのフェンスではなかったが、板の表面にできていたらしきささくれにタイツを引っかけてしまったようだ。唇が切れた時の感触よりも強い痛みが臑《すね》に走ったが、そこを確かめる余裕はない。あんなに気になっていたベントウッドチェアを見る余裕もなかった。

「そうだ、ねえ、あなたはなんていう名前？　わたしは、あおいって言うの。ひなたあおい。ねえねえ、あなたのスカート、かわいいね。わたしもそういう服がほしいな――」

杏は、不協和音のような歪《ゆが》んだ明るさで語りかけてくる少女を無視し、水曜日の夜に女優猫が掘りかけていた場所にへたり込んだ。

あおいと名乗った少女にその場所だと指し示されたわけではなかったが、直感でここしかないと杏は確信していた。

どうしてこんなことに、と思った時、にゃあにゃあと猫たちが輪唱を始めた。夏の蟬《せみ》のように鳴き声が降ってくる。闇に姿を隠した猫たちの無数の視線が、杏の身体に突き刺さっている。

お誂《あつら》え向きに、錆《さ》びた小型のスコップがすぐそばに転がっていた。花壇《かだん》用と思しきものだ。杏は強張《こわば》る手でそれを取り、地面を掘り始めた。まるで誰かが一度そこを掘ったかのように土はやわらかかった。

大きな範囲は体力的にも掘り返すのが難しいので、杏はひたすら無心で狭《せま》い範囲にスコップを突き立てた。その間、私はなにをやっているんだろうと杏は何度も考えた。

ヴィクトールも、望月晶の死体を探していた時、同じことを考えただろうか。自分が探しているのはいったい誰の死体なのか、わからなくなってくる。

——どのくらいの間、土を掘っていたのだろう。

せいぜい十分くらいか。それとも一時間なのか。

ふいに、スコップの先になにか硬い物が当たった。

どっと心臓が跳ねた。ゆっくりゆっくり、土を掻《か》き出《だ》す作業を丁寧なものに変える。気がついたら、猫のように両手で土をかいていた。全部の爪の中に、湿った土が入る感触がした。お風呂で洗い流せばきれいに取れるだろうか。この状況にそぐわぬ心配をしながら手を動かし、杏は大きく息を吐いた。

フェンスの外に立つ街灯の明かりは、杏の手元をはっきりとは照らしてくれない。手の輪郭《りんかく》が見える程度の暗さだ。だから濃い色のものが出てきても、きっと判別できないだろう。白っぽいものなら、なんとか――。杏はいったん動きを止め、目を凝《こ》らして、魔物の口内のような穴を見つめた。なにかある。

数度目の、瞬きのあとで、その正体に思い至った。白い欠片《かけら》だ。頭蓋骨《ずがいこつ》の一部のようなものが、そこに埋まっている。

（――嘘）

杏は、息を止めて穴を凝視《ぎょうし》したのち、そこに急いで土をかけ直した。

その時、突然ふわりと庭全体が明るくなった。

テラスにライトがつけられたのだと、杏は遅れて気づいた。家の住人がおそらく不審な気配――庭で土を掘り返していた杏の気配を察し、ライトをつけたのだ。

杏はバネのように勢いよく身を起こし、無我夢中でボーダーフェンスを乗り越えた。あおいと名乗った少女がまだそこにいるのかどうかも気にならなかった。また同じささくれ部分にタイツを引っかけてしまったことも、どうでもよかった。この場から、大きな恐怖から、逃げることしか頭になかった。

ドッドッと心臓が激しく鼓動している。そのうち心臓が胸骨を突き破って、身体から転がり落ちるのではないかとすら杏は感じた。

猫屋敷の庭に置いてけぼりにしたはずの大きな恐怖が杏を追いかけてきて、身体の中に侵入していた。やわい腹の奥でそれが凶暴な野犬のように暴れている。吠えて、噛みついて、爪を立てて、体内のすべての臓器を痛めつけている。
(死体が、骨が、本当にあった)
杏は歯を食いしばり、街灯に煌々と照らされた無人の道を懸命《けんめい》に走った。

3

杏《あん》は、日曜と水曜のバイトを休ませてもらった。前者については微熱を出したためで、後者は放課後の勉強会を理由にした。すんなりと許可をもらえたのは、ちょうど店を不定期オープンにすると決めた時だったからだろう。

どちらの理由も嘘ではない。

白骨発見のショックを杏は翌日の日曜まで引きずり、寝込んでしまった。

勉強会のほうも、テスト期間が近づくと手のあいている教師が希望者を募《つの》って、開催を決める。教科は日替わりで、飛び入り参加も歓迎される。が、教師にあらかじめ参加の旨《むね》を伝えておけば、その教科のテスト対策用プリントがもらえる。これを目当てにしている生徒も多い。

クラスメイトの雪路《ゆきじ》からは、杏がバイトを休んだことを気にされ、何度もそわそわした目を向けられた。心配してくれているのにうまく向き合うことができず、杏は後ろめたくなりながらも適当にごまかした。

土曜日の夜に猫屋敷の庭で発見した白骨について、杏はまだ誰にも言っていなかった。もちろん通報もしていない。

重苦しい日曜日を乗り越えて通学し、友人たちと他愛《たわい》ないお喋《しゃべ》りに花を咲かせれば、あの暗い夜の出来事は全部夢だったのかもしれないという考えのほうが強くなってくる。誰かに相談しようという気持ちも、放課後になる前に萎《しお》れてしまった。

異質な猫町の雰囲気に惑《まど》わされた末、地面に埋められていたゴミを白骨と間違えただけだろう。なにしろ自分はそそっかしくて、暗示にもかかりやすい。それでいつもおかしな勘違いをして、ヴィクトールに指摘されている。

(きっとそうだ)

杏は白骨を発見したことを、強引に頭の隅《すみ》に追いやった。

本当に白骨死体が見間違いだったとしても、猫の霊たちやあおいと名乗った少女はいったいなんだったのか、という問題が残ったままなのだが、それも猫町が見せた幻影だったと無理やり思うことにした。

その週は、杏はおとなしくテスト勉強に打ち込んだ。

――そして、再びの土曜日。午後一時。

杏は、「ツクラ」の工房の前に来ていた。

本当は今週も休ませてもらうつもりでいた。だが先日ヴィクトールから、「君専用スツールの縮尺サンプルを作ってみたから、確かめにおいで」と連絡が入った。この誘いを断るのは気が引けた。

はじめてのスツール作りを忘れていたわけではなかったが、前回のバイトで職人たちの作業状況の深刻さを聞いている。納期調整のめどがつくまではヴィクトールの手もあかないだろう、と杏は思っていた。

スツールは、正式な依頼品ではなく、杏自身が教わりながら製作する予定のものなので、焦《あせ》って仕上げる必要もない。

けれどもヴィクトールは、仕事の合間にスツール作りの準備も少しずつ進めていてくれたらしい。

杏は、開放中の戸を覗き込んだ。

いつものように、見る者を圧倒する壁際の木材や機械類が目に飛びこんでくる。床をのたうつ蛇《へび》のような掃除用ホースに、天井《てんじょう》を横切るパイプ、板を吊り下げるチェーン。帆船《はんせん》の舵《かじ》を思わせるハンドルがついた木工機械、使い込まれた道具が引っかけられている木棚。資料や本が詰まった背板のない棚もある。その横には、鰹節《かつおぶし》のように削《けず》り落《お》とされた木屑《きくず》が小さな山を作っていた。この木屑は廃棄《はいき》しないそうだ。立派に使い道があるのだという。

視線をぐるっと一周させれば、初々《ういうい》しく若々しい木肌《きはだ》そのままのチェアが、何脚も木材の手前に置かれていた。オイルを塗《ぬ》る前の完成間近なチェアたちだ。座面は楕円形《だえんけい》で、やや小振りサイズだろうか。座面の縮小版のような、小さな背もたれが取り付けられている。デザインは同一であってもどれひとつとして重なる木目はない。木目とは、人間でいう指紋《しもん》だ。

一列に並べられるほどの広いスペースがないため、そのチェアは重ね置きされている。中には危ういバランスで積まれているものもあった。少しぶつかっただけでも崩れそうだが、大丈夫なのだろうか。

杏が思うに、奥側のスペースに鎮座《ちんざ》する軽トラック級の木製帆船を外へ出せば、工房のまわりに溢《あふ》れ返《かえ》っている木材や木工機械類を、かなり収納できるはずだ。だがあれはロマン。男のロマンを具現化させた代物《しろもの》なので手出し無用だ。

ひどく雑多な一方で、妙にまとまりも感じる工房だと杏は感心する。機械工場のような武骨さもあるが、魔法使いの錬金術《れんきんじゅつ》工房のような雰囲気があるとも思う。こんな感想を口にしたら、ヴィクトールたちに笑われそうだけれども。

杏は、あれ、と小さくつぶやいた。

職人たちの姿がない——帆船の手前に置かれた作業テーブルのそばには、ヴィクトールの姿のみがある。

今日の彼はカジュアルに、細身のオリーブ色のトレーナーに黒いデニムを合わせている。杏のほうはハイネックのトップスにショート丈《たけ》の薄手のコート、それにロングスカートで、どちらかと言えばモード的な組み合わせだから、ラフな恰好《かっこう》をしている今日のヴィクトールとはちょっとちぐはぐな印象だ。

「お疲れさまです」と挨拶《あいさつ》して杏がそちらへ近づくと、ヴィクトールは眺めていた図面らしきものから顔を上げて、もごもごと、「うん」だか「んん」だかという不明瞭《ふめいりょう》な返事をした。顔は上げても、視線はまだ作業テーブルの図面らしきものに釘付《くぎづ》けだ。

(集中しているみたいだし、邪魔にならないようしばらくは隅っこで待つか)

杏はコートを脱ぎながら静かに木棚側へ移動した。しかし、脱いだこのコートとショルダーバッグはどこに置こう。

コートとバッグを腕に抱《かか》えたまま迷っていると、ヴィクトールが大股《おおまた》で歩み寄ってきた。杏の腕からひょいとそれらを取り上げ、ノコギリが並ぶ木棚の横に引っかける。

(ああ〜、私のコートとバッグがノコギリの仲間入りをしてしまった)

よく見たら、ヴィクトールのチャコールカラーのモッズコートもその横にかけられている。

「ほら、これが縮尺サンプルのスツール」

ヴィクトールは、余所見《よそみ》を続ける杏の手を引っ張って、作業テーブルのほうへ戻った。

重ねて置かれた本や切断済みの板、軍手のそばに、およそ十五センチの高さのミニスツールがあった。横長で、座面は厚めのデザインだ。脚もあえての太めで角張っており、その木目を主張させた仕上がりがゴツさよりもお洒落《しゃれ》な印象を作り出している。

前に決めたデザインからブラッシュアップされているように、杏には思えた。たとえばこれでもう少し座面が薄く、脚も細かったら、魅力が半減するのではないか。全体的にぽってりとしたフォルムなのに不思議と野暮《やぼ》ったさがないという、絶妙なバランスを維持《いじ》している。

「……小さいというだけで、もうかわいいですね」

杏が素直な感想を漏らせば、不満そうな眼差《まなざ》しが返ってくる。

「そうじゃなくて。もっと違うところを見て」

ヴィクトールがくるくると指を回す。

「製作初心者の君に合わせて、できる限りシンプルな形にしてみたんだよ。木目をより生かすために、座面のカーブはそこまで入れなくてもかまわない。最初からアンティーク調のカラーに塗《ぬ》るのもいいけれど、俺としては、このサンプル通りにバーチ材のやわらかな白さを残してほしい。が、そこは杏の希望を取り入れるつもりだ。チェリー材みたいにはっきり経年変化しないから、そのあたりはさほど楽しめないだろうし」

杏はそうした細部のこだわりに感心する前に、座面の美しさにただ見惚《みと》れた。

節はあまりない。木目も、ブナなどの木材と比較したら鮮明とは言えない。けれども光を浴びた水面のような瑞々《みずみず》しい揺らめきが見える。波状の木目とはまた違う。板面は平らなのに、その揺らめきは立体感や、艶《つや》のある滑《なめ》らかさも伝えてくる。

確かにこれは、濃い塗料で隠すのはもったいない。杏もそう思った。

「この揺らめいて見える木目、きれいですね」

確か前に『イロドリクラフト』で、バーチ材のゆらぎの美しさについて教えてもらった気がする。木目がとても緻密《ちみつ》なのだったか。

「うん。木目には色々な種類があるよ。イメージしやすいのは筍杢《たけのこもく》かな。あとはリボン杢とか、玉杢とかもある」

ヴィクトールが、指先でつんと縮尺サンプルの座面をつつく。

「この縮み杢に似た光沢《こうたく》は、バーチならではだ」

筍杢。美味《おい》しそうな杢だ。……この感想は言わないでおく。

「バーチは、樺《かば》でしたよね」

「そう。サクラ材と木目が似ているんで、カバザクラとも呼ばれるね。実際は、まったく別の木だけど」

ああ、パイン材と言いつつもパイナップルとは無関係、みたいな感じか……と杏は自分なりに納得した。これも口には出さないでおく。

「バーチは、ゆらぎの特性が本当に顕著《けんちょ》だ」

「ゆらぎの特性ですか？」

その説明をうまく咀嚼《そしゃく》できずに聞き返すと、ヴィクトールの視線がこちらを向いた。

彼の目は、覗き込みたくなるような透き通った輝きがあった。

「1/fゆらぎ、って言葉を聞いたことないかな」

「……残念ながら」

杏が身構えると、ヴィクトールは唇を綻《ほころ》ばせた。

この人は意外と他人にものを教えるのが好きだ。

「リラクゼーション系の音楽って、なんだか身体の余分な力が抜けて落ち着くだろ？」

「川の流れとか木の葉のさざめき、雨音とかのヒーリングミュージックのことでしょうか」

「それだ。一定ではない不規則な音、偶発的なその快《こころよ》いランダムさが1／fゆらぎだ。心音とかもこれに含まれる」

「心音？　心拍数って一定間隔《かんかく》じゃないんですか？」

自分の心臓の上を、つい片手で押さえる。杏の無意識の動作を、ヴィクトールが視線で追った。

「いや、正確なようでいて、わずかにゆらぎがあるんだよ。だから母親の心臓の音に赤ちゃんは安心するんだ」

杏は驚いた。そういったところにも関わってくるのか。

「ゆらぎの変動値は突き詰めると物理学、天文学の話になってくるけど、どうする？」

杏は即座に顔の前で人差し指をばってんにした。

「すみません。今日の占いで、物理学には絶対に近づいちゃいけないって結果が出てるんです。私としてはその話を続けられなくて、本当に悲しいんですけど」

ヴィクトールは、ふむと鹿爪《しかつめ》らしい顔つきでうなずいた。

「なるほど占いか。女性が好む夢いっぱいの星占いには、天体の巡《めぐ》りが密接に関わってくる。つまり数理統計学が関わってくるわけだな。なぜって、天文学には統計学が欠かせないだろ」

杏は愕然《がくぜん》とした。

星占いの話にすり替えてなんとかごまかそうとしたのに、なぜ小難しい統計学などがいきなり襲撃に来るのか。そんなの、かけらも望んでない。普通に魚座とか双子座とかの、きらきらした星座との関係だけに留めてほしい。

「そして天体の周期には必ずズレが潜《ひそ》む。乱暴に表現すると、必然的な予測不可の不規則性というやつだ。これがゆらぎの正体でもある。だから星占いにだって完全無欠の予測はありえない。君、結果を断言しているような星占いは信じるなよ。絶対なんてないんだ。そもそも占う対象の人類の命、ここでは心臓とするが、その心臓の音にゆらぎがあるんだから、完璧《かんぺき》じゃなくて当然なんだよな」

「あーいけませんいけません。それ以上話すと今日の私が絶対に……、いえ、高確率で不幸になりますよ。責任持てますか？」

「なんで俺を脅《おど》し始《はじ》めたの？　杏って時々予測できない嘘をつくよね」

おかしそうにヴィクトールが言う。

「そうですね、ゆらぎの心臓を持ってますから！」

「うん。杏はカバ材……白樺の木肌を思わせるから、とくにゆらぎが明らかだ」

「やめてください、頭蓋骨《ずがいこつ》というパワーオブパワーズみたいなワードを思い出すじゃないですか！」

この子は急になにを言っているんだ、というような呆《あき》れた目を向けられたが、杏の頭蓋骨の幅《はば》を以前、白樺の幹に喩えたのはヴィクトールだ。

「ゆらぎについてはよくわかりました！　次行きましょう」

杏は強引に話を変えた。

「次……、そうだ、ちょっとあっちの測定用チェアに座ってくれないか？　高さを少し迷っているんだ」

ヴィクトールの指示で、杏は椅子の高さを決めるための測定用チェアに、何度か座らされた。それらのチェアは、一センチ間隔で座面のサイズや高さに違いがある。元々これらは測定目的で製作したものではないらしい。完成後に販売をためらうくらいのアラが見つかったB級品以下のチェアたちで、いつの間にかそんな扱《あつか》いになっていったのだとか。

「高さを変えると、脚の太さもまた考え直さなきゃならないんだよな……」

腕を組んで悩むヴィクトールを、杏は測定用チェアに座った状態で見上げた。

「私、今座っているやつの高さがちょうどいいですよ」

「四十二センチか……、高すぎると思うんだけどな。縮尺サンプルでは三十八センチで考えていたんだ」

ヴィクトールが親指と人差し指で、四センチの幅を示す。

「それだとちょっと低いかもです」

と、もっともらしく意見を言いはしたが、そこまで大きな差はないように杏には思える。

極端に座り心地が悪くなるわけでもないだろうし。

しかしヴィクトールには、足踏みするほどの大問題らしい。

「だがオットマンとしても使える高さじゃないか。そっちの目的で使った場合、四十二センチだと脚に負担がかかると思うんだよなあ……」

「じゃあ三十八センチで」

杏は早口で答えた。

最近、運動不足気味なので、あんまり太腿《ふともも》ら辺をじろじろと見ないでほしい。

「いや、ちゃんと君の体型に合わせた椅子にしないと意味がない。座り心地がよくないっていうなら、もう少し……あと一センチ高く……」

彼を好きにさせていたら、そのうち、足の長さを測らせてくれとか言われそうだ。

「どれでも大丈夫ですよ」

杏は正直、少し面倒臭《めんどうくさ》くなってきていたが、怒らせるのは本意ではないので愛想良く言った。

するとヴィクトールは、大げさに眉《まゆ》を上げた。

「どれでもいいだって？　なんて不誠実なことを言うんだ」

「犯罪者を見るような目を私に向けるくらいのひどい発言でしたか」

面白《おもしろ》い反応だが、やっぱりちょっと面倒臭い。

「一センチの違いが人生の崩壊を招くんだよ」

「そこまで？」

ヴィクトールの謎《なぞ》のこだわりに付き合っていたら、日が暮れる。杏は「私、この高さがいいです」と、三十九センチの測定用チェアを指差した。

（ヴィクトールさんも含めて、ここの職人たちってまさか、オリジナル製品の椅子の高さを決めるだけで何日もかかっているんじゃないだろうか）

あながち間違ってなさそうな不安を覚えながら、一人悩んでいるヴィクトールのそばを離れて、杏は先ほど見せてもらった縮尺サンプルのチェアを両手に載せた。これはこれでかわいいから、インテリアにできる。スマホ置きとしての使用もよさそうだ。

「ヴィクトールさん、このミニチェアをショップに飾りませんか？」

「飾らない。そのサンプルが気に入ったなら、あげるよ。君の背丈《せたけ》が縮《ちぢ》んだ時に座ればいい」

杏は聞き流しそうになったあと、ぎょっとした。

「なんて？　まさか私の背丈が、自由自在に伸び縮みするとでも思っていたんですか？」

「地獄《じごく》のように味の混ざったドリンクを飲まなくても、首狩り族の女王が不在な猫町に迷い込むような子なんだろ、杏って」

ヴィクトールはなぜか責めるような目つきをする。

「話が混線しまくっていて、わけがわからないです！」

杏はサンプルチェアを手に載せたまま唖然《あぜん》とした。どうして今の説明で通じると思ったのか。いつにもましてヴィクトールの思考が、取っ散らかっている。いや、杏がそう感じるだけで、ヴィクトールの中ではちゃんと一本の線で話がつながっているのだろう。

「どこが？　君はわかるだろ」

え、私も奇怪な思考の変人と思われている？

否定したい気持ちになりながらも、杏はとりあえず先ほどの説明を紐解《ひもと》くことにした。

首狩り族の女王というのは、『不思議の国のアリス』に登場するハートの女王のことだが、地獄のようなドリンクとはいったい……と考え、答えは案外呆気《あっけ》なく見つかった。うろ覚えだが、確かアリスは身体が縮むドリンクや、逆に大きくなるクッキーを口にするのではなかったか。しかし、ドリンクは複数の美味しい味がすると書かれていたような気がする。

（もしかしてこの人、一度に複数の味がするなんて美味しいわけがないから、地獄と表現したとか？）

ハートの女王を首狩り族と言うようなセンスの人だ。きっとその解釈《かいしゃく》で合っているだろう。つまり特別な菓子や麻薬がなくても非現実世界を信じる騙《だま》されやすいタイプ、と遠回しに指摘されたのではないだろうか。

（かわいくない……！）

杏は足をばたばたさせたい衝動に駆られたが、子どもっぽいと思われるのが嫌で、我慢した。

「……もしも私が縮んだら、クッキーを用意してくださいね」

「デパートのでよければ。俺はアーモンド入りのやつが好きだ」

嫌みが通じない！

杏は心を落ち着かせるために、「私は大人、大人……」と念じ、手の上のサンプルチェアを見つめた。

「それにしても、木材って本当に加工次第で雰囲気が変わりますね。このサンプル品、すごく雰囲気がいいです」

「まあね」

まんざらでもなさそうにヴィクトールがうなずく。

「前に室井《むろい》さんから聞いたんですが、丸太って私でも購入できるくらいの値段なんですよね？」

素材を生かすも殺すも職人の腕次第なんだなあ、と杏は感心した。値段はそこで決まるということか。

「原木の種類と品質で、価格は大きく変動するよ。ウォールナットなんかの銘木《めいぼく》はさすがに高い。樹齢が百年を超えていて、賞を取ったものとか節が少なく形の整った状態のものなら、数十万はいく」

「おお……、やっぱり高額の丸太もあるんですね」

ヴィクトールが一瞬ちらりと杏を見た。

「どこから買い付けをするかも問題だ。うちの工房は家具と言っても小物に分類される椅子に製作を限定しているから、幅広の板を山でそう一気に買うこともない」

新たに購入せずとも、既に工房の外の小屋には木材が溢れ返るほどあるのでは……という現実は指摘しないでおく。

「というより加工のほうを重視して、カット済みの家具材を主に使っているから、丸太の購入機会があまりない。輸入板の場合は、気候に馴染ませるために、寝かせる時間も必要になるし……なんにしろ、やっぱり室井武史《たけし》のツテに助けられているね。相場以下で仕入れできているはずだよ」

前に訪れた水城《みずき》材木店も室井とつながりがあるんだったっけ、と杏は、積み重なる丸太の風景をもやもやと思い出した。あとで室井に聞いたことだが、水城材木店には、あそことはまた別に材木置き場や製材所があるそうだ。

あれらの原木が製材所で樹皮を剝《は》ぎ落《お》とされ、板状に切断されて、そこからさらに形を揃えてカットされる。しっかり乾燥させて手頃な厚みと長さになったのち、工房に届く。そして、切って削って組み立てて塗装《とそう》され、おめかしした椅子に生まれ変わる。どの行程も、手間と時間がかかっている。

杏の頭の中に、ふと一脚のアンティークチェアが浮かんだ。それが今までに関わってきたチェアたちに次々と変わり、最後に、猫屋敷で目にしたベントウッドチェアに落ち着く。原木の荒々しさを留めていない、優美で細い曲線のロッキングチェアだった。

――この一週間、杏がテスト勉強に励《はげ》んだのは事実だが、猫町での出来事は一時だって忘れられるものではない。それでつい、勉強の合間に、ベントウッドチェアとはどういう種類のものなのかを調べてしまった。……お茶会の時にヴィクトールが椅子談義を披露《ひろう》してくれなくて拗《す》ねたわけでは、たぶんない。

（よし）

杏は胸中で気合いを入れ、背を伸ばした。

たまには自分だって、できるところを見せたい。

「ヴィクトールさん、ベントウッドチェアの始まりがいつかご存じですか？」

杏は両手でミニチェアを軽く掲《かか》げながら、いつもよりも少しばかり気取った調子で尋ねた。

「ええそうです、一八〇〇年代、フランス革命とかが終わりを迎え、アンピール様式の時代に突入した頃のことです」

語り部の気分で話を進めると、ヴィクトールがようやくこちらに向き直った。「なんだ？急になんか始まったぞ」という戸惑いの表情を浮かべている。

杏は、ふふと笑った。

よしよし、おとなしく聞いてくださいね。

「おっとアンピール様式、どこかで聞いたことがありますね！　ヴィクトールさんもご存じでしょう。かの有名なナポレオンの統治時代に流行《はや》った様式ですよ。重厚ながらもシンプル、そしてシンメトリーであるという特徴《とくちょう》を持っています」

「……それ、ピンクソルト毒薬事件の時に話した気が」

「えー、ちなみに！　イギリスでは！　シェーカーチェアが作られてから少し経《た》った頃となります。シェーカーチェアもどこかで聞き覚えがありますね！　……はい、どうしてなのか銀河鉄道とか、鉄道ロマンという言葉が脳裏をよぎります」

脱線しかけたが、杏は気を取り直してにっこりした。

ヴィクトールは興味を引かれた顔をすると、作業テーブルに軽く寄りかかるような体勢を取って杏を見つめた。さあ聞いてあげよう、という態度だ。

(大丈夫、ちゃんと知識を仕入れてきたもんね)

杏は胸を張った。なんなら、よく調べたな、と褒《ほ》められる場面まで想像し、テンションが上がってきた。

「まずベントウッドチェアの考案者について、お話ししましょう。この一風変わった形の椅子を世に生み出したのは、家具職人のミヒャエル・トーネットというドイツのおじさんです」

「近所のおじさんみたいな言い方をするなよ」

親近感を出そうとした杏の苦労も知らずに、ヴィクトールが突っ込んできた。杏は無視して先を続けた。

「ミヒャエルさんが生み出した、この曲げ木の技術は椅子界に旋風を巻き起こしました。軽くて丈夫で、女性でも楽々持ち運べる……ええ、たとえるなら、ミヒャエルさんは江川太郎左衛門《えがわたろうざえ》門《もん》みたいな功労者なわけです！」

「待て待て。なんだって？　誰だよ、江川ナントカって」

「ヴィクトールさん、突っ込みが多すぎです」

杏が抗議すると、ヴィクトールは変な顔を見せた。

「君の話の運び方がおかしいんだよ。本当に誰なんだ、江川」

杏はこの時、密《ひそ》かに得意になった。あらあ、ヴィクトールさんでも知らないことがあるんだあ、という気持ちだった。

「江戸幕府で活躍《かつやく》した偉《えら》い人ですよ。日本のパン作りの祖なんです」

「パン？」

と、ヴィクトールが耳を疑うような顔をした。

「今、パンって言ったか？」

「はい！」

「食べ物のパンのことか？」

耳どころか正気を疑う顔だ。失礼すぎる。

「そのパンです。他にどんなパンがあるっていうんですか、もう。……とにかくですね、この有能な江川さんは、軽くて長持ちもして、持ち運びも簡単な兵糧《ひょうろう》の乾パンを作ったんです」

「……もしかして、曲げ木椅子の軽くて丈夫《じょうぶ》という特徴と引っかけたのか？　まさかと思うが、合致《がっち》するのそこだけなのに名前を挙げたの？」

ヴィクトールが、はっとした様子で尋ねる。

「わかりやすいでしょう！　……ところで、パンって、当時は麵麭《めんぽう》と呼ばれていたそうですが、麵……？　ひょっとしてラーメンとかうどんと同じ扱いだったんでしょうか？　ちょっと常人にはよくわからない発想をしますよね、江川さんって」

「えっ⁉　俺は君のほうがよくわからない！　なんだこの話の展開！」

ヴィクトールが愕然とする。

「それに江川ナントカのことまで親戚《しんせき》のおじさんみたいな扱いをしてるだろ！」

「うるさいですよヴィクトールさん、親しみと敬意をこめているだけです！」

「敬意⁉　どこら辺に⁉」

ヴィクトールの余計な質問のせいで、話が逸《そ》れる！

「いいですか、時代だって、江川さんが兵糧のパンを作ったのは一八〇〇年代の半《なか》ばですし、ミヒャエルさんが曲げ木椅子を量産した頃と合っているじゃないですか！　私はしっかりと時代を見据《みす》えてお話ししているんです」

「ええっ、アクロバティックすぎるだろ」

ヴィクトールが目を剝《む》いた。

「それで！　もともとミヒャエルさんはアンピール様式を取り入れたビーター……、……えー、つまり、別の様式の家具を作っていたわけですが、やがてこの曲げ木を考案するんです」

「ビーターじゃなくてビーダーマイヤー様式。君、他の奇妙な話を重視しすぎて肝心な点を忘れているじゃないか！　これはドイツ、オーストリアから広がった、シンプルかつ上品な市民スタイルの様式だよ。いや、江川……」

ヴィクトールが静かに聞いてくれないのが悪い。

「その様式にも曲げ木の特徴があったんですが、ミヒャエルさんはもっとお手軽に曲げ木したいと考えたんです。量産できる体制を作りたかったわけですね」

「本当におかしい、曲げ木したいってなんだよ」

ヴィクトールの再度の突っ込みを無視して、杏は説明を続ける。一度、話の流れに別の間を入れてしまうと、せっかく詰め込んだ知識を忘れてしまいかねない！

「そこでミヒャエルさんは、木材をやわらかくするために、がんばって蒸しました。そう、蒸しパンみたいに」

「蒸しパン!!」

ヴィクトールが叫んだ。

「嘘だろ、ここに引っかけてくるのか、さっきの江川ナントカのパン話！」

ついに耐え切れない様子で彼はげらげらと笑い始める。

想像していたのと違う反応をされ、杏は恥ずかしくなってきたが、苦労して覚えた知識は全部使い切ってしまわねば損だ。そう気持ちを切り替え、厳《いか》めしい表情を作る。

「曲げ木に使われるのは広葉樹のブナ材です。ビーチ材とも言いますね」

……ヴィクトールは笑いがおさまらないようだ。

「この木は、硬さがありながらも加工や曲げ木に適しているという優秀さを持ち合わせています。色は白っぽくてきれいです。木目も優しげです。曲げ木と言えばブナです。万能な木材なんです。……どうですか、私の椅子談義！」

杏はやりきった感でそう締めくくった。

失礼なヴィクトールは作業テーブルに片手をついて、目に涙が滲《にじ》むほどしつこく笑い転げている。

笑わせる目的ではなく、もっと感心してもらう予定だったのに、どうしてこうなった。

「……ヴィクトールさん」

いい加減にしないと不貞腐《ふてくさ》れますよ、という意味をこめて杏は名前を呼んだ。

「すまない、いや、椅子の話でこうも笑わせてくれるなんて、君はすごい。最高だ。パンしか頭に残らなかったよ。またぜひ聞かせてくれ」

「……もう私の曲げ木椅子講座は締め切りましたので」

「そんな！　臍《へそ》を曲げずに」

……わざとだ。今のはわざと曲げ木と引っかけたに違いない。

笑いがぶり返しているヴィクトールを押しのけて、杏は本格的に不貞腐れながらも作業テーブルの上の図面を見下ろした。杏用のスツールの設計図だ。それを眺めると、わずかに優しい気持ちが戻ってきた。椅子は、癒《い》やし効果がある。

「ところで、他の皆さんはどこに？」

「……ああ、室井武史は材木店に行ってる。小椋健司《おぐらけんじ》と島野雪路《しまの》は星川仁《ほしかわじん》のところで打ち合わせ中。あちらと家具を揃えたいという客の依頼だ。二時間くらいで戻ってくるんじゃないかな」

笑いの気配をまだ残した声でヴィクトールが答えた。

「だからそれまでの間、杏のスツール作りを進めようかと思っていたんだけどね。楽しませてくれた礼を先にしようか」

「なんですか？　パン屋さんにでも連れていってくれるんですか」

杏は視線を図面に落としたまま尋ねた。

「いや、君の憂《うれ》いを取り除こう」

「憂い？」

杏は思いがけない言葉にいぶかしみ、ヴィクトールに顔を向けた。もう彼は笑っていなかった。

「まだ猫町に囚《とら》われているんだろう？　でもその幻想はどうも杏によくない影響を与えているようだね」

「なんの話です？」

杏はどきりとしながらも、とっさに笑みを浮かべてごまかそうとした。

「パンの話じゃないことは確かだな。それで、なぜ日曜と水曜のバイトを休んだんだ？」

「本当に調子がよくなかったのと、テスト勉強のためですよ」

「嘘じゃなければいいってものじゃないよ」

ヴィクトールはごまかされてくれなかった。

「行動とは、道だ。その道には、そこを選んだ理由が書かれた足跡が残る。たとえ気まぐれのようであっても、その気まぐれを起こす原因が必ずある。でも杏は、気まぐれで店を休んだわけじゃない。嘘ではない理由をわざわざ拵《こしら》えるくらいの、君にとっては重い別の理由があったからだ」

「私の心を分析しないでください！」

「分析じゃない」

焦る杏に、ヴィクトールはわずかに眉をひそめた。

「じゃあ、なんですか」

「鬱屈《うっくつ》するのは、俺の特権だろ。俺は杏が俯《うつむ》くのはあまり好きじゃないんだ」

杏は、反論を忘れてぽかんとした。

どういう意味だろう、と考える前に、ヴィクトールが唇の端をぐんと曲げて杏を見た。

「言え。日曜日――いや、土曜のバイトが終わったあとに、なにがあった？　どうせ君はまたバイト帰りに猫町へ向かったんだろ」

「いえ、その、大丈夫です。たいしたことじゃないですから」

あの恐怖を蘇《よみがえ》らせるのが嫌で、杏は首を横に振った。

猫屋敷の庭に埋められていた白骨は、幻覚が見せたものだ。猫町自体、方向感覚の狂いが引き起こした幻影にすぎない。もうあそこには二度と足を踏み入れなければいいのだ。

「だから、そういう駆け引きにもならない拒絶は好きじゃないんだよ」

目を合わせられなくて俯くと、ヴィクトールの気配が動いた。片手が杏の耳を包むように撫《な》でる。

杏は驚いて、とっさにヴィクトールのその手を摑んだ。見上げたら、憎《にく》らしいことにヴィクトールは余裕そうに笑っていた。

「俺は杏よりも大人だから、一人じゃ恐怖をやりすごせないような時は我慢せずに頼っていい。仮にそれで俺が死にたくなったとしても、問題ない」

「……どうして？」

「どうせ君が俺を慰《なぐさ》める」

「そっ——そういう言い方をします⁉」

杏は頬を熱くした。甘やかすから、甘やかせと言われているような気がする。

「ところでそのタイトなロングスカートは、あと二、三年経ってからのほうが似合うんじゃない？」

「——はっ⁉」

いきなり、なに⁉

パニックになる杏に、ヴィクトールは平然と新たな爆弾を投げ付けてくる。

「ずっと思っていたんだが、無理に背伸びをして大人っぽい服装をするのはなぜだ？　好きな恰好をすればいいじゃないか」

「今！　それを言う必要あります⁉」

期待させておいて思い切り叩き落とすとか、どういうことなのか。

「まあ理由は想像がつくけれど。そんなに俺に合わせようとしなくてもよくない？」

「それを、このタイミングで言う必要、本当にありますか⁉」

なんなのこの人、本性は悪魔か？

杏はできることなら思い切りヴィクトールを突き飛ばして、ドラマのヒロインみたいに駆け去りたくなった。だがそんな行動を取っても、普通の感性を持たないヴィクトールが情熱的に追いかけてきてくれるとは、とても思えない。

だいたい普通の人なら、言いすぎたと反省して後ろめたそうにしたり、あるいはこちらを慰めようとしたりするはずだ。

だがヴィクトールはというと、不遜《ふそん》としか言いようのない顔をしている。

「言う必要のあることをそのタイミングで言おうとしない杏に時間をあげようと、気をきかせて雑談をしているんじゃないか」

雑談ってなんだっけ⁉

(優しさが地球を一周するくらいズレてません⁉)

じわじわと忍び寄り始めていた恐怖が、ヴィクトールの手榴弾《しゅりゅうだん》のような発言のおかげで霧《む》散《さん》していた。が、素直に喜べないし、喜びたくもない。

「安心しなよ、パンで俺を笑わせる君は、踵《かかと》の高い靴を履《は》いていなくても魅力的な子だ」

そうじゃない!

「ですからっ、それをっ、今‼　今、言う必要が……！　もう‼　わかりました、白骨死体です‼」

杏は叫んだ。

どうしてこの人はいつもいつも、こちらの情緒をめちゃくちゃにしてくれるのか。

「は？」

身を引くヴィクトールを、杏は、キッと睨《にら》み付《つ》けた。

そこまで要求するのなら、遠慮《えんりょ》なく話してやる！

「白骨を見つけました！　猫屋敷の庭で！」

一瞬の沈黙後、ヴィクトールが目を逸らした。

「ごめん、確かに杏の訴《うった》えた通りだった。なにも今、言う必要はないよな。スツール作る？」

あっさりと前言撤回《てっかい》して逃げようとするヴィクトールの手をあらためて掴み直し、杏は一歩詰め寄った。

今の自分はきっとひどい顔をしている。真っ赤だろうし、額に汗も滲んでいる。

こうなったら、ヴィクトールの情緒も自分と同じくらいに、めちゃくちゃにしてやりたい。

「ええ、おっしゃる通り、土曜のバイトの帰りに猫町に迷い込みました、なにせ私は地獄のドリンクがなくても不思議の国にだって行けますからね！　それで、女優猫を追いかけたら、たくさんの猫の霊と幽霊少女が出現し、私に死体のある場所を掘らせたんです。そこで見事に頭蓋骨を掘り当てた私は、猫屋敷の住人に見つかりそうになったこともあって、急いでその場から逃げ出しました。どうです、私ってすごくないですか！」

「うわ……」

心底引いているという顔で、ヴィクトールはつぶやいた。

「優しい大人のヴィクトールさんは、迷える私を猫町の呪縛《じゅばく》から解放してくれるんですよね。頼りになります！」

　掴んでいる手にぎゅっと力をこめてやる。

　数秒、見つめ合った。

「…………俺が優しくてまともな大人であることを、本気で感謝してくれよ」

　ヴィクトールは、頭が痛いというような唸《うな》り声《ごえ》を上げた。

「いいよ、わかった。行こう」

　観念した様子で彼が言う。

「どこにですか」

　杏がぶっきらぼうに聞き返すと、ヴィクトールは顔を覗き込んできた。目の虹彩まで見て取れる距離だ。慌てる杏を、仕返しするようにじっくりと見てから、彼はふんと笑った。

「猫町にだよ」


　行こうと言われても、そう簡単にあの異国めいた特別な猫町へ行けるわけがない。

　あそこへ行くには条件がある。月の出ている無人の夜でなければならないし、街灯の光を浴びる女優猫の先導だって必要だ。
けれども今の時刻と言えば、午後二時を回ったところで、黄色い太陽がまだ空に陣取《じんど》ってい
る。おまけに土曜日だからか、元々人通りの多い地区ではないが、それでもちらほらと通行人
の姿があった。
が、ここでまさかの奇跡が起きた。ヴィクトールの方向音痴《おんち》と人類嫌いが、はじめて役に立
ったというべきだろうか。
徒歩で移動しないと、ただでさえ朧《おぼろ》げな記憶がなおさら怪しくなる。そう訴えた杏に、ヴィ
クトールは工房の壁に引っかけていたモッズコートを羽織りながら、「外を十分以上歩いたら
俺は溶けるんだよ、知ってた？　車で行こう」という、どうしようもない嘘をついた。
「でも脇道を通ったんですよ。車だと入れません」
説得を試みる杏に、彼は澄み切った目を向けた。
機嫌を取るつもりか、杏にコートを着せてくれる。
ヴィクトールはノーブルな容姿の持ち主なので、執事のような振る舞いも様になる。杏は思
いがけずお嬢様にでもなった気分を味わった。
「おおよその方向をナビしてくれたら、最終的にそっちの方向に辿《たど》り着《つ》けるように迂回《うかい》して向
かえばいいだけじゃないか」
杏は、どう言えばヴィクトールを傷つけずに考えを変えさせられるだろうか、と本気で悩ん

だ。この人は変なところで繊細《せんさい》だ。

それにしたって、筋金入りの方向音痴の人に限って自分の力を過信するのはなぜだろう。

「でも……」と渋る杏の手を恭《うやうや》しく取り、ヴィクトールは工房の外へ出た。

午後の日差しがヴィクトールの髪に煌《きら》めきを与えている。本来は淡い金色が、今は蜂蜜を溶かしたように濃さを増していた。杏はこれで何度目かもわからないが、言葉もないほど見惚れた。ヴィクトールも、杏が見惚れていることをわかっている。わざとらしいくらいに色っぽく微笑《ほほえ》んでいるのが、その証拠だった。

「ねえ、車のほうがまだ疲れないよ。人類とすれ違って死にたくなることもない。……いいだろ？」

負けた。

(恋したほうが弱い立場になるんだ……)

結局言い包《くる》められ、ヴィクトールの車で向かうことになったが——案の定、迷いに迷った。三十分以上は迷った。徒歩の時すらそんなにかかっていない。

(やっぱり車で行くのは無謀だった)

杏は助手席でそう悔《く》やんだ。いや、この人の口車にまんまと乗せられてしまった自分が悪いのだ。

ハンドルを握るヴィクトールは目尻《めじり》を屈辱《くつじょく》の色に染めながら、「意外と職場近くの区画って、慣れた道以外は通らないものなんだよ」と、聞き苦しい言い訳をした。

最初から見えている勝負でもあったので、杏は責めるような真似はやめて、優しい心で彼の言い訳を聞き流した。

迷子タイム四十分を超えたあたりで、見覚えのあるアンティーク調のランプ形の街灯を発見した。

「ヴィクトールさん、やりましたよ！　ここから近いです！」

杏は喜びの声を上げた。

本音を言えば日が沈むまでかかりそうだと覚悟していたので、一時間未満で目的地を見つけられたのは、かなりの快挙ではないだろうか。ヴィクトールの方向音痴が、いい方向に作用したようだ。

「ううん、車をとめる場所がないな……。少し戻ったところに小さな公園があったか。そこの路肩にとめよう」

道を一本戻り、オレンジ色のブランコと滑《すべ》り台《だい》、砂場のみの公園の横に車を置く。

この場所からなら、さすがに迷わない……はずだ。

「ああ、なるほど、車でなら以前に何度かここらを通った記憶があるな。店が並ぶ通りじゃないんで、本当に通過するだけだったが」

ヴィクトールが興味深げに周囲を眺めて言った。

横に並んで歩きながら、杏は少し緊張した。

昼間に見る猫町は、なんというか……ひどく寂しげな気配に満ちている。

(この光景が、真実の姿かあ)

昔はモダンだったであろう外観の家やアパートは、どれもが色褪《あ》せ、老朽化《ろうきゅうか》していた。窓もくすみ、薄ぼんやりとした暗い印象が付きまとう。電柱の線はたわみ、力なく風に揺れている。石畳《いしだたみ》は割れたままろくに補修工事もされず放置されているし、中途半端な位置でアスファルトの道路に切り替わっていた。お洒落に見えた緑青色の街灯も、日の下では錆《さび》が目立つ。

——魔法がとけたと感じた時の眺めが、杏の前に広がっていた。

ただ、立ち並ぶ木々が鮮《あざ》やかに紅葉しているおかげで、多少は侘《わび》しげな雰囲気が緩和《かんわ》されている。

「……もしかして君、怖がってる?」

ふいにヴィクトールがこちらを見下ろして尋ねた。

「いいえ」

杏は強がって、まっすぐ前を向いた。今日は情けない姿ばかり見せてしまったし、ことあるごとに怖がるなんて子どもっぽい。せめて好きな人の前では恰好つけたい。

そう考えていたら、指にひやっとしたものが触れ、一瞬足が止まりそうになるほど驚いた。

触れたのは、革の手袋をはめているヴィクトールの指だった。

「だからこういう時は素直に頼っていいんだ」

杏は下唇の内側を力一杯噛んだ。

恋人でもない相手の手を平然と握る男性の心理について書かれた本とか、どこかに売っていないだろうか。

「ヴィクトールさんも、怖かったら私を頼っていいですよ」

負け惜しみで杏が言い返すと、笑うような気配が隣から伝わってきた。嫌がらせに恋人つなぎでもしてやろうかと企《たくら》むうちに、猫屋敷が近づいてくる。

「……あれか？」

ヴィクトールはすぐに気づいた。

低いボーダーフェンスに囲まれた庭に積まれている廃棄品は、その存在を意識すると、わかりやすい目印になる。

杏は勝手ながら、かなりがっかりしていた。

(本当に猫の情景は、夜のマジックの演出でしかなかったんだなあ)

ここら一帯の景色を見て、それを理解したばかりのはずだが、どこかでまだ「もしかしたら」と期待していたようだ。だが杏の前にあるのは、ろくに手入れもされていない荒《すさ》んだ家の庭だった。室内に置くには邪魔な粗大ゴミを、適当に庭に放置しているというだけの。

木の葉が風にゆれていなければ、時間すらとまっているんじゃないかと思えるような、なんの驚きも華《はな》やぎもない眺めだ。

「確かにあそこに置かれているのはベントウッドチェアだな」

しかしヴィクトールは嬉しそうな声を聞かせた。

杏は失望感を振り払い、改めて庭に注目した。

廃棄品の上に無造作に載せられている、蔓草《つるくさ》のようにくるんとした脚のロッキングチェア
——背棒は割れ、座面のラタンにも大きな穴が空《あ》いていたけれども、おそらくあの程度ならじゅうぶんに修復可能なのだろう。

「それで杏は、庭のどの辺を掘ったんだ?」

名残惜《なごりお》しげにチェアを見ながらも、ヴィクトールが尋ねた。椅子の誘惑にも負けず、珍しく本来の目的を優先させる気でいるらしい。

杏がそれに答える前に、こちらへ自転車が近づいてくる音がした。

無意識に、ヴィクトールとつないでいた手に力をこめる。俯いて、通りすぎるのを待つつもりだったが、その自転車は、杏たちの前でゆっくりととまった。

「……あの、うちになにか?」

警戒心たっぷりの女の声で尋ねられ、杏は、はっと顔を上げた。

聞き覚えのあるような声に思えた——が、自転車に乗っているのは、派手な化粧をした痩《や》せ形《がた》の女性だ。くっきりと引かれたアイラインとブルーのアイシャドウに視線が吸い寄せられる。

年齢は、読み取りにくい。二十代と言われても納得できるし、四十に差し掛かっていると言われても違和感がない。そういう不思議な顔立ちをしている。厚地のネイビーのロングパーカーに白いデニムというシンプルな恰好も、なおさら女性を年齢不詳《ふしょう》に見せていた。

「ああ、申し訳ありません、こちらのお宅にお住まいの方でしょうか？」

ヴィクトールがさりげなく杏の指をほどき、親しみのこもった無害そうな笑顔を作った。

険《けわ》しい目つきをしていた女性が驚いた表情でヴィクトールを見つめたあと、慌てたように自転車から降りた。自転車のカゴに載せられていたコンビニの袋が、がさりと大きな音を立てた。

「ええ、まあ、そうですけど」

女性はぶっきらぼうにも、照れているようにも聞こえる硬い声で肯定した。

落ち着きをなくした視線には、戸惑いが滲んでいた。

ヴィクトールとはじめて対面する人は、大抵この女性と同じ態度を取る。

どこから見ても外国人のような容姿なのに、彼の話し言葉は完璧な日本語だ。加えてこの、俳優のように整った顔立ち。いったい何者なのかと思うだろうし、優しげに微笑みかけられたら、たとえその気がなくたって、ある種の甘ったるい羞恥心《しゅうちしん》を呼び起こされる。

杏は少し嫌な気持ちになった。ヴィクトールが女性にじろじろ見られるのは珍しくない。それに、必要であればいくらでも愛想良く振る舞えることだって知っている。

なのにどうして、今はこんなにも心に波が立つのだろう。

「ご自宅を僕のような怪しい外国人に覗かれていて、さぞびっくりされたでしょう?」

ヴィクトールがすらすらと悪戯《いたずら》っぽく言う。

(本当この人は演技派なんだよなあ!)

杏は、自分に空気となるよう呼びかけながらも、心の中でぶつぶつとぼやいた。

「あ、いえ、別に……」

彼女がぼそぼそと曖昧《あいまい》に答える。

この人が前に顔を合わせた女性で間違いないようだ。ばっちりメイクをすると、かなり印象が変わって見える。

「どうかご安心ください。僕、ここから少し行った先にある、アンティークショップの者なんです」

女性向けの、いくらか砕《くだ》けた丁寧な口調で自分の正体を明かすと、ヴィクトールはモッズコートのポケットから剝き出しの名刺を取り、魅力的な微笑みと一緒にそれを彼女に渡した。

「……椅子の店、ですか?」

女性は、片手で自転車を支えながら名刺を受け取り、何度か視線をヴィクトールと往復させた。

「はい。販売の他、個人のお宅からも買い取りなどをしていましてね。ちょうどこちらを通りかかった時に、素敵な椅子を見つけたものですから、つい無遠慮に眺めてしまったんです。いや、どちらにしても不審者ですよね。参ったな」

ヴィクトールは困ったように目尻を下げた。

杏も表面上は、上品な微笑みを心がけた。が、胸中はちっとも穏やかじゃなかったし、女性の扱いに慣れているヴィクトールにもなにか言いたい気持ちでいっぱいだった。

「僕のこと、通報されます？」

そんな真似はされないと確信しながら女性をじっと見つめて試すように囁く男なんか、この先、決して信じない。杏は心の中でそう誓《ちか》った。たとえ心臓の音に「ゆらぎ」があって、星占いに完全無欠はありえないと言われようとも、この誓いだけは「絶対」だ。

「いいえ、しませんよ。……ええ、そういえば何度か、こちらのお店の前を通ったことがあります。でもちょっとお洒落なお店だから、入るのに気が引けて」

「ああ、外観だけですよ、厳めしいのは。いつでも気軽に来てほしいな」

落ち着け私、と杏は胸中で唱えた。

うっとりとヴィクトールを見つめていた女性の視線が、一瞬こちらに向かう。

「そっちの女の子……、前にうちを覗いていた女子高生？」

再び警戒心を滲ませ始めた女性を見て、杏は面食らった。

よく覚えていたな、と思う。顔を合わせた時は夜だったし、服装だって違う。あの時のニットカーディガンに制服のスカートという恰好と比べたら、今の杏の姿はかなり大人びて見えるはずだ。

「僕の店で働いてくれている子ですよ」

ヴィクトールが微塵《みじん》も動揺をうかがわせずにすらすらと答える。

「この彼女が、こちらで見つけた椅子の話をしてくれて、僕もどうしても見たくなったんです。庭に置かれている椅子は、ベントウッドチェアですよね」

「え……ベント……？　あの、これ、ただの壊れた椅子なんで、ゴミみたいなものですよ」

女性がまたヴィクトールに視線を戻す。

「僕は職人です。あちらの椅子は修復すれば立派に蘇《よみがえ》りますよ」

ヴィクトールは、わかりやすく自慢げに言った。それももちろん意図的な振る舞いだった。なるほど、今回は嘘を含ませずに話を進めるつもりらしい。

「売れるんですか、あれ？」

「ええ、もちろん」

売り物になるとわかったからか、半信半疑の表情を浮かべていた女性が興味を示したように庭の椅子へ目を向けた。

「よろしければ、もう少し近くで椅子を拝見しても？　五分もかかりませんので……だめでしょうか」

ヴィクトールが、断られるとはいっさい思っていない図々しい頼みをする。人類嫌いのくせに、彼は目的のためなら剛胆《ごうたん》にもなれる。

「……本当に、庭もこんな汚くて、恥ずかしいんですが」

女性は視線をうろうろとさせた。が、乗り気なんだろうなというのは杏にもわかる。

「片付けの最中でしょうか？」

「まあ、近々引っ越しを考えているんですが、なかなか掃除が終わらないんですよ」

「それは大変ですね。僕も掃除や整理は苦手です」

調子良く受け答えしながらヴィクトールはまんまと女性を誑《たぶら》かすのに成功し、庭への立ち入りの許可を得た。


「――へえ、里穂《りほ》さんは、お二人で暮らしているんですね」

ヴィクトールがベントウッドチェアに視線を向けたまま、にこりとした。

杏たちはいったん玄関側に回ってから、猫屋敷の庭に入った。女性は自転車を玄関脇にとめた。弁当とホットのペットボトルが入ったコンビニ袋は、玄関を開けたのち、靴箱の上のスペースに置いていた。

庭へと杏たちを案内する短い間に、彼女は、阿部《あべ》里穂と名乗った。

「ええ、私、子どもがいたんですが、その子は風邪をこじらせて――葬儀《そうぎ》の後、夫ともうまくいかなくなって、結局離婚したんです。今は、祖母と二人きりで住んでるんですよ」

里穂は、杏には壮絶に聞こえる痛ましい過去を、どこか他人事《ひとごと》のような乾いた口調で説明した。感情を抑えているせいで、必要以上に冷たく聞こえるのかもしれなかった。

彼女に子どもがいたという話は、意外に思えた。容姿にプラスして声の張りも判断材料にした結果、二十代半ばだろうかと思い始めていたのだが、どうやらもっと上のようだ。

会話はヴィクトールにまかせて、杏はテラスのほうを見やった。

庇《ひさし》のついたウッドテラスは地面より一段高く造られているが、そちらにも細々とした不要品の類《たぐ》いが置かれている。

午後の日差しの下で見る里穂の家は、廃家のようにも思えた。窓の造りも玄関まわりの雰囲気も洋風で、大きな家だが、いかんせん壁の染みやひび割れがひどい。

庭の敷地は夜に見た時よりも広く感じられたが、ごっちゃりと積み上げられている廃棄品が半分以上も場所を取っている。

テラスのガラス戸の内側にはレースのカーテンがかけられていた。杏がなにげなくそちらを眺めた時、レースがゆれた。

誰かが——おそらく里穂の祖母と思《おぼ》しき人物がこちらを見ていたのだろう。杏は慌てて会釈《えしゃく》したあと、ぎこちなく視線を庭のほうに戻した。

「——おばあちゃんたら、少し前からぼけちゃって。介護が大変なんですよ」

突《つ》っ慳貪《けんどん》に話す里穂に、杏は意識を向ける。彼女の話はだんだんと愚痴《ぐち》めいたものに移っていた。

「大の猫好きで、家でも飼っていたんですけどね。子どもを亡くしたあとにその猫も死んじゃって。寂しかったのか、野良猫に餌《えさ》をあげるようになったんですよね。そうしたら、うちの庭に猫がたむろするようになったんです」

「里穂さんは、猫がお嫌いですか？」

ヴィクトールがゆるく腕を組んで尋ねた。

「嫌いっていうか、特別好きでもないってだけで、別にどうでも。ただね、うちの庭を掘って糞《ふん》をしていくから。本当困るんですよ。おばあちゃんはそれこそ猫可愛《かわい》がりするだけで、叱《しか》りもしない。もう目もよくないし、耳も遠いのに、猫だけはよく見えるし声も聞こえるって。そんな都合のいい話あります？」

里穂は嫌そうに答えた。

（ずいぶん鬱憤《うっぷん》が溜まっている感じだ）

杏は、少し後ろから、ヴィクトールに寄り添うようにして立つ里穂の背を見つめた。

正直なところ、ここまで露骨《ろこつ》にこちらを無視してヴィクトールにすり寄られるとは思わなかったので、この場でどう対応すべきかわからずにいる。

（にしても、やっぱりこの庭は猫たちの集会所になっていたみたい。……じゃあ、私が見た猫

たちの全部が霊というわけじゃなかったのかな)

それを今考えても答えは出そうにない。とりあえず杏は空気になって、静かに庭の観察に勤しむことにした。

物が置かれていないスペースの地面は、でこぼこしている箇所《かしょ》が多い。……あちこち掘り返した痕跡《こんせき》のようにも見える。

杏があの夜、掘った場所はどこら辺だっただろうか――。

「――猫が、地面を掘っているんですか?」

今、空気でいようと決意したばかりなのに、杏は無意識のうちにそんな質問を里穂の背に投げ付けていた。

里穂とヴィクトールが同時に振り向く。

愚痴話を中断されて彼女はあからさまに嫌そうな顔をしたが、ヴィクトールの手前、こちらの問いを無視するのはさすがに感じが悪いと思ったのだろう。突き放すような口調ではあったが、「そうよ」と答えた。

「こういうがらくたを置いているせいか、住み着く猫もいるの。迷惑なことに、ここで死ぬ猫もいるわ。うちの庭、猫の間で墓場扱いでもされてんじゃない?　外に捨てようとしたら、おばあちゃんがかわいそうって泣くし……しかたないから、死骸《しがい》を埋めてやってんのよ」

「はいっ!?　死骸を?」

杏が大きな声を出したからか、里穂が目を見開いた。すぐにその瞳に、険が宿る。

ヴィクトールはこの会話に興味がないのか、口を挟《はさ》もうとはせず、熱心にベントウッドチェアを見ていた。どうやら愛想良く振る舞うことに飽《あ》き始《はじ》めている。

「庭に、骨を――猫の骨を、埋めてるんですか？」

「そうよ、悪い？」

「え、でも、庭に？　その、直接？　火葬《かそう》とかはしない状態で？」

杏は混乱して、同じことを何度も聞いた。本当は、人骨を埋めているのではないか――と聞きたかったが、さすがにそれを口にしないだけの理性は残っている。

「は、なに？　まさか私が野良猫を嫌って殺してるとでも言いたいの？」

「いえ、そうじゃなくて……！　ただ、庭に、骨を？」

なにか違和感のようなものを感じて、杏は食い下がった。だが自分が今の会話のどこに引っかかったのか、わからない。

「骨、骨って、しつこいわね！」

杏がなかなか納得しなかったのが癇《かん》に障《さわ》ったらしく、彼女は足元に落ちていた花壇《かだん》用のスコップを乱暴に拾い上げた。そこでようやく杏は、彼女の立っている位置が、あの夜に頭蓋骨を見つけた場所だと気づいた。

「ここ、見なさいよ！　先日埋めたばかりだから！　ほら！」

里穂は、ガッと勢いよくスコップを繰り返し地面に突き立てた。

杏は言葉を失った。この人、すごく感情の起伏《きふく》が激しいっていうか、怒りっぽい——。

「ほら！」

彼女はふいにスコップをその場に投げ捨てて、大仰《おおぎょう》な動きで手の汚れを払った。強い視線で杏に、掘った穴を見るよう強要する。

わざわざ覗きこまずともわかった。白っぽいものが地面に埋まっている——片手に載るくらいの、小さな頭蓋骨が。

（——私があの夜に見たのって、これだったの⁉）

もしかしなくても、肥大《ひだい》した恐怖と、ひなたあおいという少女が醸《かも》し出《だ》す不気味な雰囲気に呑《の》まれて、こんなに小さな猫の骨を人間の頭蓋骨と見間違えたとか。

杏は少しの間、頭が真っ白になった。これってまた、やらかしたのではないか。

（私って間抜けすぎない？）

とてもではないが、ヴィクトールの顔を見れない。

「——あの……」

「なによ」

「猫缶、お供《そな》えしてもいいですか……」

そう言うしかなかった杏に、里穂は呆《あき》れた目を向けた。

その後、もしもベントウッドチェアを売る気になったら連絡してほしいと里穂に告げて、杏たちは阿部家を辞去した。

ゴミみたいなものと言っていたので、その場ですぐさま取引してくれるのではないかと思ったが、あとでおばあちゃんに売ってもいいか聞いてみる、と里穂は保留の姿勢を見せた。

杏たちは、車をとめている公園まで無言で歩いた。

隣のヴィクトールがなにを考えているかはわからないが、杏は放心状態が続いていた。

（人生をやり直したい。生まれた時から、なんて贅沢《ぜいたく》は言わない。先週の水曜日の朝からでいい……）

これまでに何度、現実ではあり得ないような勘違いをして、ヴィクトールを呆れさせてきただろう。記憶に新しいのは例のピンクソルト毒薬事件だ。そして今回も新たなページに黒歴史が刻まれてしまった。名付けるなら、「猫町の人骨埋蔵譚《まいぞうたん》」だ。

（もういや……）

杏は、車の助手席におさまったあと、両手で顔を覆った。

あそこの庭に猫の骨が埋まっていたから、霊も出現したということなのか。近所の住職にも太鼓判《たいこばん》を押されるくらいの霊感体質ゆえに、たまたま出くわした猫の霊に庭まで導かれてしまったと……。

運転席に座ったヴィクトールがエンジンをかけながら、「君が今、なにを考えているかはわかるけど」と、いらない前置きをして話しかけてきた。

「どうかな。悩みは解決したのかな」

「いつものように私の単純さと勘違いぶりを罵倒《ばとう》してください。優しくしないで……」

罵《ののし》られたい。それが無理なら、放っておいてほしい。

「俺を人でなし扱いするのはやめてくれる？」

「ヴィクトールさん、私、もう一歩も外に出ないで生きたいです」

「俺も常々《つねづね》そう思っているよ。気が合うね」

嬉しげな声とともに車が動き出したが、杏は顔を覆う手をおろせなかった。

「私なんて、過《あやま》ちを犯し続ける有害な産業廃棄物なんですよ。ヴィクトールさんもそう思ってるんだ」

「なんで今日は俺みたいになってるの？　思ってないよ」

日頃のヴィクトールの気持ちがやっとわかった。もう呼吸をとめたい。

「大人っぽいスカートも似合わないし、五センチ程度のチャンキーヒールでも足が痛くてたまらなくなるし、里穂さんにはめちゃくちゃ馬鹿にされたし、曲げ木を蒸しパンに喩《たと》えるような非常識な人類なんですよ、私なんか」

「大人っぽいスカートは、数年もすれば似合うようになる。ヒールの高い靴もその時に履かせてあげるよ。それに人類は、いつだって他人を馬鹿にする邪悪な生き物だし、笑いが詰まった君の椅子談義も蒸しパンの喩えも悪くないよ」

「すぐに優しくする！　私は営業スマイルなんかじゃ懐柔《かいじゅう》されませんから！」

「しないしない」

適当に返事をしている！

最近のヴィクトールは、こちらの扱いが雑な時がある。……なんだかヴィクトールからも、以前に似たようなことを言われた気がするけれども。

「むしろ懐柔されたのは俺のほうじゃない？」

ヴィクトールみたいに難解な性格の人類を手玉に取れるほど、杏はエキセントリックではない。

「それで。デパート、行くの？　猫缶買う？」

「……買います」

ヴィクトールの笑う気配を感じて、杏は自分の顔からやっと手をおろした。

「といってもあの家に直接お供えするのは、無理じゃないか？」

「……変人扱いされますよね、里穂さんに。でもヴィクトールさんが頼めば……、笑顔で頼め

ば！　ころっと態度を変えてくれますよ！」

「急に怒り出した」

杏が腹を立てる本当の理由なんて、察していそうだ。

(今日のスカートは、もう五年くらい封印してやろうかな)

よくわかっている。今の自分に似合うのはこういう服じゃなくて、踵の低いローファーと制服だ。本物の大人ならきっと、「大人っぽい恰好をしよう」だなんて最初から考えもしないに違いない。だが杏は意識して着飾らないと、ヴィクトールの隣を歩くのに怖《お》じ気《け》付いてしまう。

少しの無言ののち、ヴィクトールは信号で車を減速させると、こちらに視線を流して穏やかに笑った。

「じゃあ、買い物のあとはデートしようか」

「――は？」

「久しぶりに、外を歩こうという気分になった。まだ空も明るいし、せっかくだから港側に行こう」

――杏は洗濯機に放り込まれた衣類のように、ぐるぐると考え始めた。

これはいつもの、こちらを無駄に意識させるたちの悪いアレだ。

デートなんて冗談に決まっている。

杏を子どもと思っているから、軽々しく口にできるやつだ。

それでも、死にたい気分を払拭《ふっしょく》してくれるくらいの絶大な効果があった。

「どう？　行く？」

断られるとは少しも思っていない、確認のための問いかけに、杏は口をもごもごさせた。

「……行きます」

「それは、ありがとう」

一年後にもう一度、大人っぽいスカートを試してみよう。そしてそれをこの人に褒めてもらえたら、きっと杏も大人の仲間入りだ。

そんなふうに舞い上がってしまったから、ひなたあおいと名乗った少女がなぜ猫の骨を自分の骨だと嘘をついたのか、という未解決のままの問題が残っていることを、杏はすっかり忘れていた。

4

十月下旬の火曜日。時刻は午後三時半。

高田杏《たかだあん》はクラスメイトでもありバイト仲間でもある島野雪路《しまのゆきじ》と、放課後の教室にいた。机をひとつ挟《はさ》んで椅子に座り、向き合っている。雪路は前の席の椅子を借りて、後ろを向く形だ。

この状態でかれこれ数分、沈黙が続いている。

しかもその間、雪路の視線はマグネットのごとくぴたっと杏に張り付いたままだ。

(どうしてこんなことになっているのか理由を知りたいけど、声を出すのもためらうくらいに空気が重い……)

杏は落ち着かない気持ちになり、カッターシャツとベストの上に羽織っているカーディガンの袖《そで》を意味もなく引っ張った。

まばらに教室に残っていたクラスメイトも妙な雰囲気を漂《ただよ》わせる杏たちを無視できないようで、何度もちらちらと盗み見をしてくる。

そんな反応を見せるのは彼らだけではない。猫缶つながりで親しくなった田口弓子《たぐちゆみこ》という少女と、「赤い靴《くつ》の幽霊騒動」の件以来よく顔を合わせるようになった真山《まやま》徹《とおる》という少年も、教室の隅から心配そうな表情を杏に向けてくる。

徹は別クラスの生徒だが、雪路とは小学生の時からの付き合いだという。頻繁《ひんぱん》にこちらの教室にやってきては雪路に絡み、ついでに杏のことも遊びに誘う。どうも友達認定されたらしい。彼は人懐っこく物怖《ものお》じしない性格なので、杏の友人の弓子ともいつの間にか親しくなっている。

その弓子が視線で「そこの空気だけやばいんだけど、なに、島野君と喧嘩《けんか》でもしたの？」と杏に尋ねてきた。

それに対して杏は軽く眉《まゆ》を下げ、「いやいや……」と曖昧《あいまい》に否定した。

喧嘩をした覚えはまったくない。が、なぜか数日前から雪路の機嫌が悪い。

弓子の隣にいる徹も、両手の人差し指を車のワイパーのように左右に振って、「なにがあったか知らないけど、早く謝っちゃえよ。楽になるぞ」と訴《うった》えてきた。

杏は眉間《みけん》に皺《しわ》を作った。

（謝れって言われても、雪路君を怒らせるような真似をした覚えは、本当にないんですけれども！）

視線のみで会話する杏たちを順に眺めて雪路が渋面を作り、大きく溜め息をつく。

杏は、叱《しか》られる気配を察してぴしっと背筋を伸ばした。無関係な友人たちもつられたように姿勢よく立った。

「なあ杏」

「はい」

知らず敬語になる杏に、雪路が胡乱《うろん》な目を向ける。

「うちのバイトって恋愛禁止なはずだよな。どこかの人類嫌いなオーナーさんが前にそう言ったよな」

「言いましたね」

「でもそのオーナーさん、バイトの女の子と先週、デートしたって聞いたんだけど。どういうこと？」

雪路がやさぐれた調子で言って、反対向きに座っている椅子の背もたれに頬杖をつく。

「は？　なになに？　やっだあ恋バナですか雪路君、んなの二人だけで話さないで俺も混ぜなさいよ。ちょっと席つめて」

聞き耳を立てていた徹が急に目を輝かせ、ずかずかと近づいてきて雪路の横に無理やり座った。椅子の座面は当然一人分のサイズしかないので、「あっ……ぶねえ！」と雪路は落ちそうになっている。

杏のほうも、雪路と似たような状況だ。

徹同様に近づいてきた弓子が無言でぐいぐいと杏を押しやり、椅子の隙間に座ろうとする。

「え、待って、押しのけられたら私落ちる、落ちるから！」

ひとしきり騒いだあと、杏も雪路も結局、それぞれの椅子を友人たちと分け合う形で落ち着いた。

「いや、なにこれ。普通に空《あ》いている席に座れよ。なんで椅子をシェアしてんの俺ら」

もっともな雪路の指摘を、二人は無視した。

「雪路のバイト先のオーナーって、あれだろ？　なんかすげえお高い雰囲気がするイケメンな外国人」

徹が爽《さわ》やかに笑って杏に尋ねた。

そうそう、その人、と杏はうなずいた。

アンティークが似合う、杏の好きな人だ。

「でもなんかあの人さあ、ミステリアスな影があるイケメンというより、単純にめっちゃ根暗っぽい性格なだけって感じがする。見るな寄るな触るなオーラを全身からバリバリ撒き散らしてたじゃん」

徹が軽い口調で放った容赦《ようしゃ》のない的確な表現に、杏は噴き出しそうになり、慌てて俯《うつむ》いた。

彼は以前にヴィクトールと顔を合わせたことがあるので、その時の様子を思い出しての発言だろう。

（徹君は意外と人のことをよく見ている）

ちょっとチャラいし口も軽いけど、と杏は心の中で失礼な評価を下した。

「あ、それってこの間、杏が見せてくれたスマホの画像の人のこと？　すごく恰好《かっこう》いいのに、妙に目が死んでいた男の人だよね？　……えっ、あの人がバイトの子とデートしたの？　でも杏のバイト先、他に女の子いないよね？　つまり、杏がそのデート相手……」

弓子がふんわりした肩までの髪をゆらして隣の杏を見た。

「私という者がいながら、年上のイケメンとデート！」

「俺という者がいながら！」

弓子と徹がにやにやし、冗談を口にした。が、雪路の視線の冷たさに気づいて、二人はすぐさま横を向いた。

「や、デートっていうほどの大げさな話では……」

杏は戸惑いながら否定した。

（なんで雪路君がその話を知っているんだろう。ヴィクトールさんが話したんだろうか）

確かに先週の土曜に、杏はヴィクトールに誘われて町の港側——観光スポットでもある商業地域をぶらぶらした。そこの区画に設《もう》けられている歴史博物館へ足を運び、興味が惹かれた店を覗いて、適当なレストランで食事を取るというとても健全な内容だ。帰り際には観光客向けの土産物屋《みやげものや》で、深緑色をしたビロード生地の兎《うさぎ》のぬいぐるみを買ってもらった。

（……いやいや、ヴィクトールさんと二人で出掛けたことなら何度もある。なんなら泊まりの旅行もしてる。……んだけど、椅子と幽霊が絡まないお出掛けはなかったような）

というより、ヴィクトールがはっきり『デート』と口にしたのは、はじめてではないか。

（……。あっ本当に普通のデートじゃない？）

そう思い至って、言葉にできない感情が一気に噴き上がり、杏は、くっと唇を嚙みしめた。

杏の表情の変化を目撃した弓子と徹が、「恋しない同盟で結ばれた俺たちを裏切るなんて」と口々に文句を言ったが、そんな同盟に加入した記憶はない。

「あー俺はこんな交際なんて認めません」

雪路が唇の両端を下げて言った。

（これ、雪路君がやけに突っかかってくるのって、やっぱりヴィクトールさんからデートした話を直接聞いたせいじゃないだろうか）

雪路も杏たちが幽霊絡みの旅行をしたことなどは知っている。が、その件で彼から責められたことはない。むしろ同情されている。

今回は今までと違って特別だと彼も判断したのだろう。

正直なことを言えば杏は、雪路のこうした態度を見て、「もしかしたら」と、密《ひそ》かに思わなくもなかった。もしかしたら恋愛的な意味で私のことが気になっているのではと。

だが当の雪路から、友情による気安さはともかくも、そうした種類の好意を仄《ほの》めかされたことはない。距離感が多少おかしいのだって、人付き合いが苦手な人間あるある的なものだとわかっている。

そんな状態で好意の形を決め付けるのは、自意識過剰《かじょう》ではないだろうか。

(もしも勘違いだったら恥ずかしすぎる)

杏はこの問題に関しては不用意に詮索《せんさく》せず、蓋《ふた》をしておくことにした。

「だいたいあっちはいい大人でこっちは未成年、未成年だぞ。なのにデートだと？　昨今の風紀の乱れはどうなってんの、もう！　若者は脇目も振らず勉学に励《はげ》むべきだというのに、そんなうわついた真似をして……実に嘆《なげ》かわしくてならない！」

雪路が真面目《まじめ》腐った発言をして、バンバンと片手で机を叩く。

徹たちも「イヤラシー！」と甲高《かんだか》い声で叫んだ。

この人たちはノリだけで生きているなあと杏は思った。

(……あれ。雪路君がデートに腹を立てた理由、まさか、ただ私をからかおうとしただけだったりとか？)

変な同盟も結ばれていたし。年頃の男子の心理って難しい。

「デートって言えば聞こえはいいけど、その実態は黒歴史を着々と積み上げてしまった私への慰《なぐさ》めみたいなものだから」

年頃男子の心理解明を諦めて、杏が温度のない声で真実を告げると、三人の目がこちらに集中した。

「どういうこと」と弓子が首を傾《かし》げる。

「バイト帰りに道に迷ってね、自分でもどうしてそうなったってくらいテンションが上がって、『ひょっとして私ってば、誰も知らない猫町に迷い込んだのかも』と、突然頭の中でファンタジーが炸裂《さくれつ》したことがあるんだ。で、その挙げ句、他人様《ひとさま》の家の庭に白骨死体が埋まっていると勘違いして、ヴィクトールさん……バイト先のオーナーとその家の人に迷惑をかけたわけだけど、この強烈な話、皆、詳《くわ》しく聞きたい？」

「待って、今月一番のやべえ話を聞いてる」

噴き出す徹を、杏は乾き切った目で見つめた。ええどうぞ、好きなだけやばさにおののいて。

「その後、現実を直視して、死にたい気持ちしか抱《いだ》けなくなった私を慰めようと、オーナーが親切心で気分転換という名の『デート』に誘ってくれたんだ。……もっと聞く？」

二人の友人は一拍の間のあとにげらげら笑い始めた。雪路はというと、先ほどまでのツンとした態度から一転して気まずげに目尻《めじり》を下げている。

（友情ってスポンジケーキよりも脆《もろ》い……。でも、私も逆の立場だったら、絶対二人みたいに笑ったに違いない）

杏は自分の考えに、心をよどませた。

「あー、あれか。前に言っていた、猫町に迷い込んだような体験をしたっていう話の続篇？」

雪路が杏の反応をうかがいながら余計な発言をした。

「……続篇ですね。つらいことに」

杏が嫌々肯定《こうてい》すると、二人の友人は「猫町ってなに」と、ますます笑い悶《もだ》えた。

しかし、「大丈夫かよ。確か電柱の下に少女の幽霊が立っていたんだよな?」と気遣《きづか》わしげに雪路がそう続けると、二人はぴたっと笑いを止めた。

とくに自らも幽霊騒動に立ち会って、なおかつ小学生の時から雪路の部屋でポルターガイストを体験しているという徹は、一瞬で青ざめた。

弓子のほうは、杏たちと知り合うまで一度も心霊現象に出くわしたことはなかったという。

それがつい先日、不運にも、雪路の部屋で勉強会を開いた時に、不可解な現象を体験してしまった。――だが、この時の出来事を振り返るのは、また今度。

とにかく弓子に関しては、ある意味、杏と雪路の特殊体質に巻きこまれた可哀想《かわいそう》な被害者と言えるだろう。

それでもこちらを敬遠せず、友達付き合いを継続してくれていることを思えば、友情はやっぱりダイヤモンド並みに硬くて煌《きら》めいているものなのかもしれない。

脆いと思った友情を見直し、友人たちに感謝の目を向ければ、彼らは揃《そろ》って顔を背《そむ》けた。

「え、え。やめて。俺は杏ちゃんの輝かしい黒歴史と根暗っぽい年上外国人との禁断の恋バナを楽しく聞きたいだけで、マジのリアル幽霊とか全然求めていないんだわ」

「ごめん杏、私ちょっと用事があって、もう帰ろうかな」

……友情、スポンジケーキ以下だったか。

「友達ランク下げます」

見直した友情を再び見直し、杏が真顔で宣言したら、二人は「友達ランク上げます」とすぐに言い返してきた。が、不吉な気配が立ち込める話の流れに、あからさまに怯《おび》えている。

杏の胸にも重いものが広がった。『デート』の中身に心霊現象は絡まないが、そのきっかけとなったのはやはりソレで間違いがないのだ。

バイト帰り、迷子の果てに辿《たど》り着いた猫町の、とある一軒家の庭で白骨死体を掘り返してしまった。その時現れた幽霊少女に誘導される形での捜索《そうさく》だ。

ただし、杏が見つけた白骨死体は、その家の庭によく集まっていた猫の骨を埋葬《まいそう》しただけという結果に終わっている。

だが、この話には不吉な続きがあった。

「白骨死体捜索事件は私の黒歴史の一部で間違いないけど……、その時に見た幽霊少女が今も時々現れるんだよね」

杏が憂鬱《ゆううつ》な気持ちでそうぼやくと、三人は揃えたように表情を消した。

「……このあと神社行く？」

「寺行く？」

「塩買いに行く？」

三人の幽霊撃退スキルが着実に上がっている。

──ひなたあおいと名乗った幽霊少女は、ふいに杏の前に現れる。

火曜日の放課後に話した通り、杏は弓子や徹たちと一緒に神社に行ったが、残念ながら祈禱《きとう》の効果は得られなかった。その後も当たり前のようにあおいは姿を見せた。

といっても日の出ている時間帯には見かけないし、場所についても杏の自室や校内には現れない。そのあたり、おそらく幽霊には幽霊なりの明確な出現条件と法則があるのだろう。

彼女が出現するタイミングは夕方以降──放課後の図書室で行われる勉強会に参加して、町全体が薄闇《うすやみ》に包まれるくらい下校時間が遅くなった時、そして杏が一人でいる時だ。

まるで待ち構えていたかのようにあおいは近づいてくる。

たとえばバイト終了後。店のすぐそばに立つ木の下に佇《たたず》み、じっと杏を見ていることがあった。

帰宅途中の路上でもその姿を見つけた。気がついたら背後をひっそりと歩いていることもあった。この時は身が凍るほどの恐怖を味わった。杏が無我夢中で逃げ出せば、その必死な様子が面白かったのか、あおいはけらけらと笑いながら追いかけてきた。

制服のスカートを乱し、マフラーも首から外れそうになるくらい懸命《けんめい》に歩道を突っ走る杏の姿を、通行人はすれ違い様にぎょっとした目で見つめた。

不躾《ぶしつけ》な視線をぶつけられるたびに杏は、「じろじろ見る前に助けてよ」と、理不尽な怒りを抱いた。

通行人たちには、笑いながら杏を追い回す彼女の姿が見えていない。誰の目にも映《うつ》らないという事実は、以前にあおい自身が証明している。

あおいはいつも同じ恰好をしていた。いや、清潔さを心がけて毎回着替えてくる幽霊など聞いたこともないので、同じ恰好――たぶん死亡時の恰好――で現れるのは当然なのだろうが、その煤《すす》けているような姿はただ不気味なだけではなく、物淋《ものさみ》しい思《おぼ》いも杏に抱かせた。

上は毛玉だらけのくたびれたグレーのパーカーで、下は制服と思しき黒のプリーツスカート。棒のような、青白く細い足。古びたローファー。背の中間までありそうな長い髪は、後頭部の低い位置で素っ気《そっけ》なくひとつにまとめられている。

彼女の捨て猫めいた、ぎょろぎょろした大きな目に見つめられると、杏は無意識に身が竦《すく》む。それから、投げ付けられる言葉の数々にも。

「ねーえ、ねえ! なんで逃げるの、ねえねえねえ!!」

――追ってくるからだ。

「逃げないでええええ」

――追わないでよ!

「わたしを見て、ねえねえ！」

——見たくない。いい加減諦《あきら》めて。

「いいなぁあなた！　あなたになりたいあなたになりたいあなたの人生ちょうだい！」

——なんだか、会うたびに言葉の威力が増していく気がする。

「羨《うらや》ましい」

——そう一言だけ放られた日は、鳥肌が止まらなかった。

「そのピンク色のマフラーかわいいね、ねえねえかわいぃ」

——もうこの色のマフラーは二度としない。

「見ぃちゃった。あの人素敵だね。いいなあ、車で送ってもらっちゃって。恰好いい人だった、ねえあなたあの人のこと好きなんでしょ、いいなあ。わたしもかわいければ。お店で着ているワンピースもおしゃれだね。いいなあいいなあ、羨ましい。ねえあの人と手をつないだことはあるの一緒に出掛けたことはあるのキスをしたことはあるの、教えて」

——ヴィクトールさんと一緒にいるところを目撃されるなんて。困った……。

「三十日の午後三時二十分にあなたは＊＊高校前のバスに乗った」

——嘘でしょう？

「三十一日午後三時四十分＊＊＊団地線＊＊病院前のバス停で降車。午後三時五十分徒歩で椅子専門店『TSUKURA』到着。午後六時五十五分店を出る。帰宅手段は徒歩かバス」

——日ごとに、悪意が。

「高田杏。＊＊ヶ丘の白い一軒家に住んでいる」

——とうとうそこまで知られるなんて。

「あなたになりたい。あなたみたいに幸せに恋をしたい。羨ましい、ああいう恰好いい人と恋ができるなんて。どうしたらわたし、あなたになれるの。たくさん恋愛小説を読んでも、どれもわたしの恋にはならなかった。たくさん他人の人生を見て、その人たちみたいに振る舞っても、男の子は誰一人笑ってくれない。どうして。わたしとあなた、なにが違う」

——だいたいは途中で消えるし、直接危害を加えられるわけでもない。けれどもあおいは、初めこそ邪気なく杏を付け回して楽しんでいたが、日を追うごとに妬《ねた》みまじりの願望を延々と垂れ流すようになっていった。これが精神的にかなりきつかった。あなたになりたい、あなたの恋をちょうだい、人生をちょうだい。わたしと交換して。彼女を振り切ったあとも、投げかけられたそれらの粘着質な言葉が耳の奥にこびり付き、脳をゆらし続けた。

現実味のない願望の中に、やがて杏の行動パターンをなぞるような内容が混ざり始めた。それだけでも嫌悪を抱くのにじゅうぶんだが、なによりぞっとしたのは、過去にも他人に対して同様の行動を取っていたと仄めかす言葉が彼女の話に含まれていたことだ。

そういえば猫屋敷と命名した阿部《あべ》家の庭を掘った日、あおいは確かに、気に入った他人に取り憑《つ》くのだという話をしていた。

（こういう意味だったのか）

他人のパーソナルデータを自分のものにし、成り代わろうとしている。人々の恋愛を集めるのが好きなのも、結局はその人の人生が丸ごとほしいという強い欲求が根底にあるからだろう。

（いつか本当に取り殺されそう）

杏は真剣にそう思った。胸に暗雲が広がるような心地がした。

過去に出くわした幽霊とはパターンが大きく異なっている。自分だけで祓《はら》えるか祓えないかの問題は別としても、これほど積極的に追い回されたためしはないし、杏個人に執着されたこともない。

彼女に付きまとわれた日は、部屋の明かりをつけたままでなければとても眠れなかった。

いつもと違う部分は他にもある。

神社での祈禱が効果なしだったこともだが、お守りと浄《きよ》めの塩もまったくきかないのだ。ポケットが膨《ふく》らむほど幽霊撃退グッズを持ち歩いても、あおいは怯える様子すら見せない。

十月中はずっと、十一月に突入してからも、彼女はしつこく杏を狙《ねら》った。むしろこの初週はほぼ毎日学校帰りに現れる。

あおいの存在が少しずつ日常を侵食《しんしょく》しているような気がして、杏は苦痛を感じずにはいられなかった。

（彼女の行動範囲が広がってる）

今までの出現条件は、薄闇が押し寄せてくる時間帯のみというものだったはず。それが先日は、ついに通常の下校時間、午後三時台にも姿を見せている。

おかげで絶えず不安感に襲われるようになり、杏は心身ともに追い詰められつつあった。眠りも浅くなって寝不足の日が続き、頭もうまく回らない。食欲も失《う》せた。

終始緊張しているせいか、なんだか全身がぴりぴりとするし、平衡《へいこう》感覚もおかしくなってきている。

このままでは本当に心が壊れてしまう。

そんな危機感を覚えた杏は、十一月二週目の初めの日、すっかり顔馴染みとなった寺の住職に相談を持ちかけた。

ところが、住職の答えは芳《かんば》しいものではなかった。杏の気配自体に大きな変化は見られないと困った顔をされてしまう。念のためにその足で神社へも行ってみたが、やはり返ってくるのは「取り憑かれている様子はない」という期待はずれの言葉だけだった。

この間、雪路たちと訪れた時に執《と》り行《おこな》った祈禱も、杏の精神を落ち着かせることを一番の目的にしていたのだという。

(もう対策が思いつかない)

神社も寺もダメで、塩もお守りも効果がない。どうしたらいいのだろう。

現段階ではまだあおいが校舎内に出没《しゅつぼつ》することはない。なので、ある意味、学校にいる間が杏の休息タイムとなっている。

寺へ相談を持ちかけた翌日の水曜日。クラスメイトの前ではいつも通りに振る舞っていたつもりだったが、こちらの変調を感じ取った雪路から「困ったことがあるなら、相談に乗るけど」と声をかけられた。

放課後の教室で話をした日から、彼にこうして心配されることが何度かあった。弓子たちにも気遣われている。今更《いまさら》ながら杏は、無関係な彼女らに猫町と幽霊少女の話を聞かせたことを後悔していた。

心配されるのが嫌なわけではない。彼女たちは実際に自分も心霊現象を体験しているので、もし杏が「幽霊少女の付きまといが、笑えないレベルになってきて困っている」と打ち明ければ、きっと馬鹿にしたりせず、親身になって話を聞いてくれるだろう。

そう彼らの友情を信じる一方で、ネガティブな想像もしてしまう。

(日常生活に支障が生じるほど霊障に悩んでいる、だなんて言ったら、「さすがにそれはちょっと」って引かれて距離を置かれるんじゃない?)

自分も霊障に巻き込まれる可能性を恐れて、ちょっと杏とは深く関わりたくない……という意味ではない。そこまでいくとハマりすぎていてちょっと気持ち悪い、という意味での拒絶だ。笑い話にできる範疇《はんちゅう》を超えている、と急に冷めた気持ちにならないだろうか。

そういう意味の「ちょっと」は、怖い。

杏は今よりもっと子どもの頃、霊に関することが原因で、あの子っておかしいと同級生に陰口を叩かれたことがある。

その苦しい経験が心の一部を頑《かたく》なにしているという自覚も、いくらかある。

ゆるゆるとした「ちょっとドキッとする程度の仄かな怖さ」を、弓子たちがまだ楽しんでくれているようなら、それを本格的な恐怖のレベルにまで引き上げたくない。普通は目に見えない霊という存在に本気で怯える姿を、仲良くなった友人には見せたくない。

ただし物心ついた時から霊感を持っていた雪路は、間違いなくこちら側の人間だ。

霊障の被害も多く深刻だったぶん、杏が抱《かか》える本格的な恐怖にも共感してくれる。同情もしてくれるだろう。

(全部話してみようか)

杏はここで雪路になにもかもぶちまけたい誘惑に駆られた。

だが、いざ口を開こうとした瞬間、「あおいが早く自分への興味を失って、別の人間に取り憑いてくれたらいいのにな」という卑怯《ひきょう》な考えが頭をよぎった。

(嫌だ、なんでこんなことを)

自分に愕然《がくぜん》とする。別の人間、つまり事情を打ち明けた雪路に身代わりになってほしいと、無意識に望んでしまったのか。だからそんな考えがすっと浮かんだのでは。

いくらろくに眠れないほど困っているからって、どうかしている。雪路は親切心で声をかけてくれたのに。

(私の友情が一番、スポンジケーキ以下じゃん)

情けなくて鼻の奥がつんとした。

「おーい、杏?」

心配そうにこちらを見下ろす雪路に気づいて、杏はとっさに表情を取り繕《つくろ》い、「大丈夫!」

と答えた。

だめだ、言えない。言いたくない。

「本当に? 顔色悪くね?」

雪路が疑いの目を向けてくる。その気遣いが今はつらい。

「この頃、テスト勉強がんばってるから、寝不足が続いてるんだよね」

杏は痛む心を無視して、ぺらぺらと当たり障《さわ》りのない返事をした。

「……ふうん?」

雪路は軽くうなずくと、杏を教室の窓際へ誘導した。

今日は寒い日なので、窓の下部に設置されたオイルヒーターが稼働《かどう》している。

雪路は制服のブレザーの下にベストを着込んでいるし、杏も上にカーディガンを羽織って、厚地の黒タイツを穿《は》いているが、それでも冷気は遮断できない。冬がすぐそこまで来ているのを強く感じる。

「勉強のせいだけ？　他に理由は？」

「ありません。最近小テストの点数が悪いんだよね。勉強の仕方が悪いのかなあ。もう少し机に向かう時間を増やしたほうがいいのかも」

視線を窓へ逃がし、オイルヒーターに両手をかざして、なんでもない口調で「だからできれば今日のバイトを休みたいな」と続ける。

あくまでも勉強のためにというポーズを装ったが、実際は、もう遅い時間に外を歩きたくないという切実な願いが胸にある。

午後に現れた時のあおいは、まわりに杏と同じ下校中の生徒がちらほらいたからか、建物の影に隠れるように立っていただけで、こちらに近づいてはこなかった。それなら、追い回される確率の高いバイト終了時間に出くわすより、姿を見かける程度で終わるほうがまだましだ。

幸いといっていいのか、今の「ツクラ」はアクシデントが発生し、受注数を制限している。それに伴《ともな》い開店時間も不規則になっているため、杏がこうして急の休みを希望しても大目に見てもらえる。

雪路はしばらく杏をじっと見下ろしたあと、眉間に皺を寄せ、頭を掻《か》いた。

「あー、俺が明日の放課後、勉強見てあげる。から、今日はバイト出ようぜ」

「……でも」

「杏が今日出てくんないと、この一週間、店が完全クローズ状態になんだわ」

杏は戸惑った。

「そうは言っても、私だって平日は二時間くらいしかバイトに出てないよ」

土日はフルタイムで入ることが多いが、平日の水曜日は学校があるので、どうしたってバイト時間は短いものになる。二時間程度のオープンなら正直な話、開けても開けなくてもほとんど売り上げに影響はない気がする。

（というか平日の日中、誰もお店のほうには行っていないのか……）

薄々察してはいたことだが、ここで真実が明らかになり、杏は微妙な表情を浮かべた。

平日は諸事情により――強面《こわもて》の職人たちが、店に顔を出すたび客に怯《おび》えられるという切ない現実に傷ついて、ものすごく店番を嫌がるようになった――店を閉めるケースが多かったとはいえ、その状況はなかなかにひどい。

しかし、裏事情を把握《はあく》してもなお、杏は返事を渋った。

あおいに追い回される恐怖が心を畏縮《いしゅく》させている。彼女は今までのタイプとは違って、明確に杏を狙《ねら》っている。あのぎらぎらした強欲な眼差《まなざ》しが怖い。

「二時間でも！　ちゃんとライトをつけて、店をやってますってアピールすんのは大事！　完全に閉店したのかと思われるよりましです」

雪路が熱弁を振るう。近くで談笑していた生徒たちが不思議そうにこちらを見た。

「まあ、それはそうかな……、うん……、うん……？」

いや本当に？　と杏は教室内に満ちる快《こころよ》いざわめきを聞きながら、首を捻《ひね》った。

雪路たちはどちらかと言えば、接客不要のネット販売を中心にしたがっているのではないか、と杏はこの頃疑っている。

（でも一応は店舗《てんぽ》もあります、って見せておいたほうがいいのかな）

元々「ツクラ」は、職人たちの持つ個性……全員がタイプの違う強面かつ霊感体質の持ち主であるというところも含めて、かなり特殊な体制を取っている。むしろ職人たちの、その強すぎる個性が原因で、色々と特殊な形を取らざるを得ないというか……。笑いごとではないのだが、近所のコンビニとスーパーなどで、塩を陳列《ちんれつ》する棚《たな》が微妙に増えている気がする。

（もしかして私たちが買い占めているせい……？）

この町の塩消費量を著《いちじる》しく増加させているのでは、という嬉しくない予感を抱き、杏がひっそりとおののいていたら、雪路がパンと小気味よい音を立てて顔の前で両手を合わせた。

「杏、頼む。このままだと店が廃墟化する」

「廃墟って。いくらなんでもそんなすぐに荒れたりしないよ」

大げさな言い方に杏が笑いをこぼすと、雪路は無の表情を見せた。

「いや、だって。店にはアレが……幽霊がじゃんじゃん出るわけだろ。なのにお守り役の杏も来なくなって無人状態が続いたら、あそこを出入りするのは幽霊だけってことにならねえ？」

「え」

「なんかそれってイメージ的に……すっげえ廃墟っぽいっていうか、色のない荒《すさ》み切《き》った不穏な空間っていうか」

思わずその光景を脳裏に描き、杏も笑みを消した。オイルヒーターの前にいるというのに、足元からいっそうの冷気が這《は》い上《あ》がってきた気がする。

雪路が、明るい雰囲気に包まれている教室内を濁《にご》った目で眺めながら、再び口を開く。

「一人、また一人と店内に幽霊ばかりが増えていってさ、そのうち雨の日の夕方みたいに重苦しくて薄暗くてじっとりと湿った空気が充満して……んで気がつけば、フロアに置かれたすべての椅子に、項垂《うなだ》れた幽霊たちがこう、みっちりと座っていて……」

「雪路君、ストップ」

「でも入り口の扉を開けた瞬間、力なく座っていた幽霊たちが一斉《いっせい》にぐるんと振り向いてこっちを見たりとか。窪《くぼ》んで黒々とした目からぽろりと虫が落ちたりとか」

「わかった、行く。全速力で行く。すごく行きたくなった」

行かないという選択肢《し》は完全に消えた。

雪路の無駄にリアルな想像力はなんなのだろう。やめてほしい。

(こっちまでゾワッとしたじゃない！)

杏たちは互いに目を逸《そ》らしながら、鳥肌の立った自分の腕を静かにさすった。

5

下校後。杏《あん》たちは途中でバスを降りて、橙《だいだい》色と水色のストライプのレトロな庇《ひさし》が目印代わりになっている小さな個人商店に入った。この店は学校から「ツクラ」へ向かうルート内にあるので、杏と雪路《ゆきじ》御用達《ごようたし》状態になっている。

気のせいではなく、陳列棚に並ぶ塩の種類が増えている……というより、明らかに需要が限定されていそうな業者向けの大袋入りの塩が新しく並んでいる。

一袋ずつ抱えて、杏たちがレジへ向かうと、顔見知りになった店員が微笑《ほほえ》んで「次の塩が入ってくるのは再来週の火曜になっちゃうかも」と、聞いてもいないのに入荷予定日を教えてくれた。

(これは間違いない。私たちのために入荷してくれている……)

商店を出たのち、知りたくなかった現実に打ち拉《ひし》がれて杏が無言で歩いていると、隣に並んでいる雪路が「あのさあ」と、力のない声で言った。

「杏がバイトに入っていない平日の学校帰りに、俺、一人であの店に寄ったんだけどさあ」

「うん」

「そしたらあの店員のおばさんに、あ、塩カップルの子ね、いらっしゃい、って親しげに挨拶《あいさつ》されたんだけど」

「どうしよう、笑っていいのか怯《おび》えていいのかわからない……塩カップルってなに……？」

「俺と杏、よく一緒にあそこへ行くから……」

と、雪路が片手で目元を押さえた。彼の反対側の手には、塩入りのビニール袋がさげられている。

もしかして他のスーパーなどでも塩カップルと思われているのだろうか。

（いや待てよ。雪路君とはこの商店以外はあまり一緒に行ったことがない。他のスーパーやデパートへは大抵一人で行くか、ヴィクトールさんとともに行っている）

そういえば最近、スーパーの女性店員の、杏とヴィクトールを見る目がやけに生ぬるい。

それに神社でも、いつの間にかお賽銭箱《さいせんばこ》の横に小袋入りの無料の浄《きよ》めの塩が常備されるようになった。案内プレートに記された説明文では、一応は参拝者向けという体《てい》を取っているが、ひょっとしてあれは、急を要する事態で訪れた時に社務所が閉まっていた場合、どうぞ有効に使いなさいね、という意味で置かれたのでは、と杏はふと思いついた。

（……気づかなかったことにしよう）

既に「ツクラ」では塩予算も作られているという。自重してくれない幽霊たちのせいで、自分の人生が塩漬《づ》けにされそうだ。

笑い合いながら横を駆け抜けていった元気な小学生たちと、自分たちのまとう空気のよどみ具合の落差がひどい。

二人して無言で歩き、やがて「ツクラ」に到着した。

「あれっ、シャッターが開いているみたいだよ」

杏たちは顔を見合わせた。

（なんで？　……まさか）

おそらくこの時、雪路の頭にも先ほど彼自身が話して聞かせた「廃墟化した店にたむろする幽霊たち」の光景が、まざまざと浮かんだに違いなかった。

「……。杏は俺の後ろにいて」

雪路は覚悟を決めた顔をすると、このあとの戦いに備えて身軽になるためだろう、まず自分の肩にさげていたリュックを杏に持たせた。そして購入したばかりの塩入りの袋をドッジボールでも持つかのように片手で抱え、空《あ》いている側の手でゆっくりと扉のノブを摑んだ。店内にたむろする幽霊群に、問答無用で塩を投げ付けるつもりだ。

杏は言われた通り雪路の背後に隠れながらも、彼の手で慎重《しんちょう》に開かれた扉の隙間に目を凝《こ》らした。

店内は薄暗い。雨曇りの廃墟の情景が脳裏を占拠《せんきょ》する。杏は背筋が寒くなった。

（でもカウンター席側のほうだけライトがついている？）

客用のカウンター席はフロアの奥側に設《もう》けられている。杏はそちらを注視した。

「……なんだ、ヴィクトールじゃん！」

ふいにそう声を上げた雪路の背中から、強張《こわば》りが消えた。塩入りの袋を掲《かか》げていた片手をおろすと、ぐったりした様子で店内に入り、カウンター席側へ向かう。

杏も安堵《あんど》しながら彼に続こうとして――急に首筋がチリッとした。

店内に踏み出しかけていた足を止め、振り向く。

最初に目に飛び込んできたのは、二色にわかれた空だ。時刻は三時五十七分。商店で少し時間を食ってしまった。薄暮《はくぼ》の迫《せま》った十一月中旬の町は、太陽の居残りを長々とは許してくれない。茜《あかね》色に染まる空の向こう側に、じわりと宵《よい》の青が滲《にじ》み始《はじ》めていた。

杏は空の色の境から視線をずらした。

店からいくらか距離のある、宙に引かれた線のような電柱の下に人影が見えた。誰かがこちらを見ていた。あの子は。

「――」

杏は全身を恐怖で撫《な》で上《あ》げられたような心地になり、身動きできなくなった。ばちばちと発《はっ》泡《ぽう》しているかのような不快な耳鳴りもした。そのせいでつかの間、周囲の音が遠ざかった。

店内から漏れてくる雪路とヴィクトールの会話も、うまく聞き取れない。

（あの子がいる。ひなたあおいがそこに）

杏の視線は電柱の下に立つ人影に釘付《くぎづ》けだった。グレーのパーカー。プリーツスカート。ぎょろぎょろとした捨て猫のような目。ずるい。ちょうだい。この距離で聞こえるはずがないのに、そんな彼女の声が耳元にまで届いた気がした。

いや、自分の頭の中で彼女の声がこだましているのか。それとも。

杏は、瞬《まばた》きもできなかった。その一瞬で、彼女が目の前に迫ってくるかもしれない。自分の妄想《もうそう》が、心臓をぎゅっと鷲摑《わしづか》みにしたように思えた。

「――はあ、もうヴィクトール！　なんって店全体にライトつけてないの？　怖《こえ》えだろ！」

苛立《いらだ》ちと安堵のこもった雪路の大声に、杏はびくりとした。金縛《かなしば》りが解けたようだった。

ぎこちなく店内を見やれば、フロアに並ぶ椅子たちの合間にヴィクトールが立っていて、不機嫌な顔を雪路に向けている。

「ヴィクトールのせいで俺の貴重な寿命が縮《ちぢ》みました。縮んだぶんの命を、板チョコに換算して返して」

「挨拶もなく理不尽に責め立ててくるなんて、人類の神経はどうなっているんだ？　百年くらい引きこもりたい」

「百年て。強欲すぎんだろ。つか頼むからライトをちゃんとつけて」

「そんなことをしたら、オープン中だと勘違いした客が店内に入ってくるかもしれないだろうが」

「……ヴィクトール、オーナーなんだから接客のひとつや二つしような」

「自分だって苦手なくせに説教するつもりか？　そもそもメールなんかで俺を呼び付けておきながら、さっき塩をぶつけようとしていたな。わかっているんだぞ」

「いや、それには事情があって――杏？」

雪路たちの平和なやりとりがふいに途切れた。その瞬間、杏は無理やり足を動かして店内に飛び込んだ。「えっ!?」と、驚く二人に駆け寄ったが、辿り着く手前で、展示されているアンティークチェアにぶつかりそうになる。

かろうじて身をかわしたはいいものの、雪路の鞄《かばん》をまだ抱えていたこともあって体勢を維持《いじ》できず、顔面からフロアに衝突《しょうとつ》しかけた。

大股《おおまた》で距離を詰めた二人に左右から腕を掴まれ、杏はなんとか転倒を免《まぬが》れた。

「……どうした？」

二人同時にそう聞かれ、杏は彼らへ交互に視線を向けた。声には出さず、心の中で二人に訴《うった》える。

電柱の下にあの子がいた。他人の恋を羨《うらや》み、貪《むさぼ》るように掻《か》き集《あつ》めて、自分のものにしたがる童顔の少女。明確な意思を持って杏に取り憑《つ》こうとしている恐ろしい幽霊。弱々しく幼げな容姿だからこそ、その滴《しただ》るほどの悪意が不気味でならない。あれは自分が買ってくる塩程度ではとても対処し切れない。見て見ぬ振りをしてしまいたい。そうすればそのうちどこかへ行ってくれるかも。でもとうとうこの店のそばにまで現れるようになった。興味を失ってもらえるどころか、もっと引きつけてしまった。どうしよう——。

「杏」

と、ヴィクトールが怒ったような口調で呼びかけてきて、返事を催促《さいそく》する。

杏は心を落ち着かせるため、乾いた唇を舐《な》め、微笑んだ。

「いえ、なんでも……、ちょっと床板の境につまずいちゃって」

彼らはまた示し合わせたような仕草で溜め息を落とした。

「その言い訳は無理がある」

ヴィクトールは早口でそう切り捨てると、もの言いたげにじろりと雪路を見た。なにが起きているのか事情を知っているなら説明しろ、と要求する高圧的な視線だった。

雪路はむっと唇を曲げたが、杏の腕から自分の鞄を取り、肩にかけた。

「ここ最近、なんか杏の様子がおかしかったからさあ。今日のバイトも休みたがっていたけど、無理言って連れてきた。な、明らかに変だろ」

確信のこもった雪路の言葉に、杏は目を瞠《みは》った。

店内にたむろする幽霊群の話は、杏を店に連れてくるためにその場で適当に考えたものだったらしい。

それにしたってもう少し明るい話はなかったのか……と顔が引きつりそうになるが、こちらの身を案じてのとっさの嘘だと思えば、文句など言えるはずもない。

それに、どうやらヴィクトールを店に呼び出したのも雪路のようだ。なのに自分が編み出した作り話をつい信じて塩をぶつけようとしたのか。

「俺も暇《ひま》じゃないんで、なににそれほど怯えているのかさっさと言いなよ」

ヴィクトールが、二度目の嘘は許さないというように険《けわ》しい表情を作り、杏を見た。

杏は——今日も恰好《かっこう》いい人だな、と今それを口にしたら間違いなく呆《あき》れられるだろうという的外れな感想を抱いた。意識がどこかに逸《そ》れるような感覚が以前にもたびたびあった。恐怖をごまかそうとして、恋心が勝手にクローズアップされているのかもしれなかった。

本日のヴィクトールはVネックのブルーのカーディガンにカットソー、下は黒いパンツというシンプルなスタイルだ。楽な恰好なのは、たぶん雪路に呼び出されるまで工房で仕事をしていたからだろう。木屑《きくず》と汚れが太腿《ふともも》あたりに付着している。

じろじろと彼を見て、なぜかこの時、雪路が口にしていた「あっちはいい大人で、こっちは未成年」という言葉が頭の中でリピートされた。あの時はとくになにも感じなかったが、無意識下では重く受け止めていたのかもしれない。

ああ大人だ、と杏は視線を雪路にずらして、ひどく落ち込んだ。

雪路は同年代の中で見れば大人びているほうだが、ヴィクトールと比較すると「未成年」である事実が途端に浮き彫りになる。単純に顔貌《がんぼう》や骨格の差だけの問題ではなく、醸《かも》し出《だ》す雰囲気が、ヴィクトールはもう大人なのだ。

「おい、黙り込むな」

ヴィクトールが刺々《とげとげ》しい言い方をして、杏の顎《あご》を片手で軽く摑み、視線を自分のほうに引き寄せようとした。乱暴な仕草のようだが、彼の指先に力は入っていなかった。

「俺を一ヵ月間、一歩も外に出られなくするほどに鬱屈《うっくつ》させたいのなら性懲《しょうこ》りもなく嘘を通せ。そうじゃないなら正直に言え」

「……どんな脅《おど》しですか、それ」

杏はもうわかっている。これで本当に嘘をつけば、人の心の動きに敏感なヴィクトールは傷つく。

そして、杏がそれを望まないことをヴィクトールはわかっている。だからヴィクトールのことを好きになってしまった杏はこういう時、最後まで意地を貫《つらぬ》けずに観念させられる。

人の恋をお手軽に利用してくれちゃって、と思いはするけれども、こういう難解な人を好きになった自分の自業自得だ。

「……猫町の続篇の、さらに続篇があって」

「は？」

ぼそぼそと杏が白状すると、ヴィクトールは眉をひそめた。

「あれからまだ？　もしかしたらとは思っていたけど、徹《とおる》たちと一緒に神社に行ったあともマジで幽霊被害が続いてんの？」

　雪路がさりげなく杏の顎からヴィクトールの手を外して、驚いた顔で尋ねる。ヴィクトールはもう一度「は？」と、信じがたい話を聞いたというように繰り返した。

「今、お店に入る前に振り向いたら、そこにあの子──幽霊少女が立っていたんです」

　杏は、なるべく落ち着いた口調を心がけて言った。

　彼らは世界で最もまずいものを食べたというような顔をすると、大きく息を吐き、杏をその場に残して店の外へ出た。

　杏が不安を抱くより早く店に戻ってきて、二人は双子のように揃《そろ》って腕を組み、難しい顔をした。

「誰もいなかったよ」

　ヴィクトールがそう言った。

　その日はひとまず通常通り、閉店時間までバイトをした。

　ヴィクトールも雪路も「TSUKURA」に残り、ディスプレイを変更する作業に勤《いそ》しんだ。

今日中にやらねばならない仕事とは違うと杏はわかっている。発注した木材のアクシデントで製作スケジュールが遅れているのだから、今は作業に集中しなくてはならない期間のはずだ。だが、店内に杏を一人にさせないようにというよりは、しばらく様子を見るつもりでこちら側に残っている。

これが原因で職人たちの遅滞気味のスケジュールがさらにずれ込むのは、さすがに後ろめたい。

「一人でも大丈夫ですよ」

杏はしっかりとした口調で主張したが、二人は耳を貸さなかった。

(……あれ。この人たち、口実にすぎないはずのディスプレイの変更作業に本気で熱中し始めてない？)

それに気づいた時は微妙な気持ちになったが、彼らの強烈な椅子愛のおかげでいくらか罪悪感は薄まった。

帰りはヴィクトールの車で送ってもらった。工房に寄ってから帰ると言った雪路とは、店の前で別れた。

ヴィクトールの車に乗ったあとで、杏は、あおいがこうした光景を羨んでいたことを思い出し、肩を強張らせた。さっと車窓から外の景色を確かめたが、暗く沈《しず》んだ道にあおいの姿を見つけることはできなかった。

見つけられないだけで、あの電柱の影からアスファルトを走るヴィクトールの車をうかがっていたかもしれない。それともあの雑居ビルの影から眺めていたかもしれない。それとも。

よせばいいのに不吉な想像を次々と生み出してしまい、杏は息が苦しくなった。膝の上に載せていた鞄を握る手に、自然と力が入った。

「──着いたよ」

ふと声をかけられ、杏は我に返った。

いつの間にかぼんやりしていたらしく、車は杏の家の近くの路肩に停められていた。インパネに表示されているハザードランプの赤いマークを見つめてから、ゆっくりとシートベルトを外す。

ヴィクトールの視線を頬のあたりに感じたが、振り向く気にはなれなかった。

「ところで君、家族になにも言われない？」

杏は、シートベルトから手を離そうとして、動きを止めた。

「……なにをでしょうか」

質問の意図がわからず、つい視線をヴィクトールに向けてしまう。そのあとで、やられた、という悔《くや》しさがわく。

ヴィクトールは時々、わざと主題をぼかした言い方をして杏を振り向かせることがある。最近、そうした癖《くせ》に気づいた。

「こうして時々君を車で送っていること、家族に怪しまれたりしていない？」

杏は、ぽかんとした。

今度は質問の主題がわからなかったわけではない。

ただ、てっきり幽霊関連の話につなげるつもりなのだろうと思っていたので、予想外の方向からボールを投げられてとっさに受けとめられなかったのだ。

「普通は、なにか言われると思うんだけどな」

難しい顔をするヴィクトールを見て、杏は数度の瞬きののち、急いで考えた。

バイト先のオーナーに家まで送ってもらうことが、なぜ家族に怪しまれるという話になるのか。質問内容ははっきりしたが、なにを思ってヴィクトールがそれを口にしたのかまでは読み取れない。

「だって俺は誤解されやすい外見をしているだろう？」

「……あ、はい。あの、大丈夫です、問題ないです」

「そう？」

「はい。バイトで帰宅が遅くなるって、母もわかってます。コンビニのバイトとかだと夜の十時まで働いたりするじゃないですか。でも『ツクラ』はどんなに遅くても……たまにヴィクトールさんがご飯を食べさせてくれる時であっても、九時を過ぎることはないので、むしろ安全だと思っているんじゃないかなあ」

「ならいいけど」

会話内容をうまく飲み込みきれないまま安易に答えてから、杏はもしかしてと考えた。

ヴィクトールは目を瞠るような整った外見の持ち主だ。バイトをしているという話は嘘で、実は年上の男性に遊ばれているのではと家族に疑われていないか、といった懸念《けねん》についてを遠回しに確認された気がする。

杏は、遅れて驚いた。もしもこの推測が正しいのなら、それは多少なりともヴィクトール自身が、杏をただのバイトの子以上に考えていることにならないだろうか。まったく意識していないのであればそんな心配はしない。

（ううん、そうでもない？　年下の女の子相手だから保護者が安心できるよう、大人としてじゅうぶん配慮《はいりょ》をしないと、って考えているだけ？）

どっちだろう。判断し切れず、杏は焦《あせ》りでぐるぐるした。

「じゃあ、もう少しいいよな」

「はい？」

なにが？　と問う前に、外したばかりのシートベルトが、ヴィクトールの手で再びカチンとはめられる。一瞬近づいた距離に動揺したのは自分だけだろう。ハンドルを握《にぎ》るヴィクトールの表情に変化はない。

車がのんびりとした速度で走り出す。

「で、猫町の続篇とやらを包み隠さず、全部話せ」

ヴィクトールの素っ気ない命令に、杏は目を剝《む》いた。

「……ヴィクトールさん、最初にわけのわからない質問でわざと私を動揺させて、次に本題をぶつけてくる癖、よくないと思います」

「人類は臆病《おくびょう》だから、警戒の壁を築いている時には本音を話さないだろ」

当たり前のようにさらっと言われた。

偏見《へんけん》だと反論したいが、一理ある気もして杏はぐっと息を詰めた。なんか悔しい。

「前に、猫町にあった猫屋敷に行ったよな。その後も幽霊少女に付きまとわれているのか？」

「……そうです」

杏は不貞腐《ふてくさ》れ、ずずっと背もたれに完全に身を預けるような体勢で助手席に座り直した。

バイト中は杏を落ち着かせることを優先していたのか――いや、ディスプレイの変更作業に集中していたからだろう、ヴィクトールは猫町続篇の詳細《しょうさい》を尋ねはしなかった。だが一応は覚えていたようだ。

「猫屋敷に行った日からかなり経《た》っているじゃないか。なんでずっと黙っていたんだ」

杏は答えず、ずずずとさらに姿勢を崩していった。

「起きたことを、詳《くわ》しく。詳しく話すんだ。杏が本気で怖がっている時は、大抵ろくでもないものが待ち受けていると俺は学んだ。――そのだらけた座り方はやめたほうがいい。スカート、裾《すそ》がめくれ上がっているよ」

こちらを見ずにヴィクトールが注意する。

杏はぎょっとし、怒りと羞恥《しゅうち》にまみれながらも慌てて座り直した。

例の猫屋敷に行った日——つまり『デート』の日に、無理に大人っぽい恰好をする必要はないという話を聞かされたから、杏は少しずつ本来の自分らしい服装や態度に戻している。が、さすがに今の反抗的な振る舞いは幼稚すぎただろうか。いくらなんでもそれはちょっと、って。

ああこの「ちょっと」も嫌だ。

もしもそう思われていたら、悲しい。

(年の差なんていくら努力を積み重ねても絶対に縮まらない)

ヴィクトールはどんな服装をしていても恰好いい大人の男性で、こちらは背伸びをしていたことさえあっさり見破られる未熟な女子高生だ。挙げ句の果てにはスカートの裾のめくれまで、冷静な口調で注意される。今すぐ地球が消滅《しょうめつ》すればいいのに。

杏は反抗する気力をなくし、命令通り、昼間にヴィクトールと猫屋敷を訪れた日から今日までの間に自分のまわりで起きた出来事を、ぼそぼそとした声で報告した。頻繁《ひんぱん》にあおいという名の不気味な幽霊少女が現れるようになったこと。とくに学校から店のラインに現れること。次第に彼女の行動範囲が広がったこと。夕暮れ前にも出没し始めたこと。家の場所も知られていること。ヴィクトールの姿も見られたこと。杏に成り代わりたいと強く望んでいるらしいこと。追い回された際に投げ付けられた言葉も、覚えている限り正確に伝えた。いつもグレーのパーカーにプリーツスカート、ローファーという恰好をしていることも。

唯一、杏がヴィクトールに恋をしていることについては伏せた。──でも、たぶんヴィクトールはもうこちらの気持ちに気づいている。その上でデートとか軽々しく口にするのだから、やりきれない。からかわれている可能性が高いと考えるほうが自然ではないか。

ヴィクトールは杏が話し終えるまで黙って運転していたが、やがて観光スポットのひとつにもなっている人口林付近の教会のそばで車を停めた。このあたりは街灯が多く、道が明るい。

秋の木々に囲まれた飴色《あめいろ》の外壁の教会を杏は見やる。

十字架を頂《いただき》に置いた尖塔《せんとう》の上空に、白く輝く三日月がかかっている。時刻はまだ夜の七時になったばかりで、地元の住民らしき若い男女のグループが楽しげに幅広《はばひろ》の車道の横を歩いていた。車の中にまで彼らの軽やかな笑い声が聞こえてきた。

彼らの姿を見送ったのち、ヴィクトールがハンドルに腕を預けるようにして背を丸める。

「その幽霊少女が、杏の行動パターンを調べている?」

彼が真っ先に確認したのはそこだった。

「……みたいです」

「最近の幽霊はストーカー予備軍なのか?」

それは知りません、と杏は心の中で答えた。

ヴィクトールが顔を上げる。こちらを見据《みす》える目には思いのほか真剣な色があった。

「これまでの不可解な体験がある意味、弊害《へいがい》となって、君は感覚が麻痺《まひ》している。本当に、なぜもっと早く言わなかったんだ」

暗に危険な状況だと知らされて、杏は視線を逸らした。

「今の杏は俺からすると、物事の認識のレーダーが壊れているように見えるよ。それを正しく自覚していない。……霊感のある職人たちと接したのも悪かったのか？　これ」

「……きちんと、危険は自覚していますよ」

杏は小声で反論した。

幽霊に理不尽な妬みを向けられ、しつこく追い回されている。取り憑こうという邪悪な意思も感じる。とても怖い。それは間違いがない。危険な相手だとわかっていなければ、こうまで悩んで寝不足になったりはしない。

だが、あの花火の夜を思い出すと――。店に侵入していた「彼」に、ガムテープで椅子に縛《しば》り付《つ》けられた時の恐怖と比べれば、あおいのほうがほんの少し、ましのように思える。あの時は本当に死ぬかもしれないと覚悟した。汗が止まらなくてどうしよう、と困った記憶も色褪《あ》せることなく鮮明に残っている。

まだあの、心が底無し沼に沈んでいきそうな恐ろしい騒動から数ヵ月しか経過していないのか、と不思議な感慨を杏は抱く。

この感覚が麻痺しているということなのだろうか。

「なぜ無駄に我慢をするのかな。怖かったら頼れと言ったのを覚えていないのか」

ヴィクトールが言い聞かせるようにして杏を叱《しか》る。

（だってまた恥ずかしい黒歴史を積み上げてしまったら、どうすればいいの）

杏は、自分が変な勘違いをした末にそれを指摘されてきた過去を思い出し、苦悩した。ダンテの霊とか、バズビーの霊とか。今回は猫町に白骨死体だ。

我ながら、短期間で「封印したい過去」を量産しすぎていないだろうか。

「どうせ最後には暴かれるんだから、遠慮するの、馬鹿らしくない？」

……思いやりがほしい！

こちらの恋心なんかお見通しのくせに、失敗した時の身悶《みもだ》えしたくなるような恥ずかしさや後悔にも気づいているくせに、なぜそこを無遠慮な手で掻き回してくるのだろう。

「……最初はヴィクトールさん、霊に関わる話を嫌がっていたじゃないですか」

杏が本音をごまかしてぽつりと言うと、ヴィクトールは少しの間沈黙した。嫌がって回避しようとしていたことは、否定しないらしい。

数台の車が、路肩に停めているこちらの車の横を通り抜けていく。

ヴィクトールが口を開いたのは、その数台が見えなくなったあとだった。

「今は、いいんだよ」

「どうして?」

「どうしても」

「でも、お店の外で起きたことだし、ヴィクトールさんが責任を持つことでもないし、私だってなんでもかんでも打ち明けられるわけじゃないです」

これが家族相手なら心配するのもされるのもわかる。当然の権利とまで言ってしまうと傲慢《ごうまん》になるけれども。恋人相手であっても不自然には思わないだろう。

バイト先の雇用主相手は、どうだろうか。

「俺が言ってほしいだけだとしても?」

「だから、なぜですか?」

杏は少し腹が立ってきた。

人類が嫌いだとか宣言して、自分は特大のバリケードをまわりに築いているくせに、こちらには透明でいろと要求してくる。大人としての責任の範囲を超えている発言だ。超えるなら、超えるなりの理由がないと許せない。

「怖いことが嫌いなのに、それでも聞きたいんですか? 私、これでもヴィクトールさんが死にたくならないよう気を付けているのに」

「知ってる」

「そうですか! ならなんで、私が秘密にしていることまで知りたがるんですか」

杏は突き放すような口調で尋ねた。

ここまで杏がきつい態度を取るのは珍しいからか、ヴィクトールが戸惑いの表情を浮かべる。

それを見てそろそろストップしなきゃと思うも、どうもうまく自制できない。

連日の寝不足と、恋の苦しさと、伸び悩みの期間に入った成績のせいで頭がパンクしかけていたこともあり、かなり自棄《やけ》になっているみたいだ。杏はどこか他人事《ひとごと》のようにそう考えた。

「私はまだ大人じゃありませんけど、もう子どもでもないんです。恥ずかしい間違いとか勘違いとか……小さなことで怖がる姿なんて、そう何度も見せたくありませんよ」

「今更？」

「今更でも！」

真面目《まじめ》な突っ込みはやめてほしい。

「いいだろ、別に。過《あやま》ちを繰り返して真っ黒な歴史を重ねたって。椅子にも歴史があるんだから、人類にだって多少あっても許されるんじゃない？」

……人類よりも椅子様のほうが、立場が上ですか、そうですか。

「黒歴史手帳とか作れば？」

「絶対に作りません！　もう！　そんなことを言うヴィクトールさんにはなにも話さない！」

杏が暴れたい気持ちをこらえて叫ぶと、ヴィクトールは悩ましげな顔をした。

「それは困る」

「だからなんで！」

話が堂々巡《めぐ》りになっている。

（あーわかった！　この人ってばわざと話の軌道《きどう》をずらして、自分の本音は隠そうとしているんだ）

杏はそうと気づいて頭に血がのぼった。

いっそここで、されたら困るだろう恋の告白をしてやろうか。もしも振られたら、これまでと同じように接することはきっとできない。バイトだって辞めなきゃいけないかも。椅子も見たくなくなるかもしれない。

理性と衝動の狭間《はざま》で悶えていると、ヴィクトールが穏やかな眼差しを向けてきた。

「関わっていけば知りたくなる。背景を紐解《ひもと》きたくもなるし、秘密も暴《あば》きたくなる。そういうものだろ」

「……椅子の話です？」

杏がやさぐれながら聞き返すと、ヴィクトールはその直後、明るい声を上げて笑った。

「俺が本心をあげようとすると、今度は君のほうが怖じ気付《おけづ》く！　——でもまあいいよ、そうだね、俺はちゃんと答えてあげる。なんでそれほど聞きたがるかって？　そんなの、俺が優しくてまともな大人だからだ。君を心配しているんだよ。これでどう？」

彼は見下しているようにも、甘やかしているようにも見える表情を浮かべた。

「今はそれを信じろよ。俺が、君の悩みを解決してやるから」


ヴィクトールと一緒にいて「早く帰りたい、一人になりたい」と本気で思ったのは今回がはじめてかもしれない。

先ほどの会話が尾を引き、車内にはなんだか居心地の悪い空気が流れている。

だが杏にはもう会話を再開したり、乱高下を繰り返してへたった気持ちを立て直したりする余力など残っていなかった。

面倒なことや複雑に縺《もつ》れた感情の整理は未来の自分に全部託《たく》して、今はとにかく帰りたい。

けれどもヴィクトールには車を動かす様子がなかった。気まずいと感じているのは自分ばかりなのかと疑うくらい、彼は平然とした顔でスマホをいじっている。

（いや、この状態で私を放置してスマホをいじり出す？）

杏は車から飛び出して、誰かに訴えたい心境になった。

ヴィクトールは、かれこれ十分はスマホに夢中になっている。

最初は「誰かに仕事関連の連絡をしたいのかな」と考えて、杏もおとなしくしていた。が、それにしたってこちらになにか一言、説明があってもいいのではないだろうか。というより、なにか急な仕事の用事ができたのなら、それでかまわないから、早く自分を家に送ってくれないだろうか。

ヴィクトールまかせにせず、徒歩で帰ったほうがいいのかもしれない。

現在地から家まではそれなりに距離が開いているので、歩きでの帰宅は少々ためらうものがある。

でも歩けない距離ではない。この時間帯ならまだ路線バスだって動いているはずだ。そうしよう。

頭の中で結論づけてシートベルトに手をかけた時、ピコンと小さな音が鳴った。

ヴィクトールのスマホにメッセージが届いたらしい。それに出端《でばな》を挫《くじ》かれ、杏は一度手を膝の上の鞄に戻したが、やはりすぐに耐え切れなくなった。ヴィクトールに声をかけてから車を出よう。

ところが行動に移す前に、今度はヴィクトールのスマホの着信音が鳴り響く。またも気を削《そ》がれ、杏の決意は消化不良状態になった。

ヴィクトールは電話に出て、しばらくの間相手と話し込んだ。とはいえ、話すのはもっぱら相手で、ヴィクトール自身は聞き役に回ってほとんど相槌《あいづち》を打つばかりだったため、仕事の話なのかプライベートの内容なのか杏には判断できなかった。

つまらないな、と杏は少し白けた。ヴィクトールがそばにいてこんなに気持ちが盛り下がるのも、はじめての経験かもしれなかった。

自分でも不思議だが、連日あれだけ悩ませてくれた霊障の数々すらも、なんだか瑣末事《さまつじ》にすぎなかったように思えてくる。

車窓に視線を逃してひねくれた考えを弄《もてあそ》ぶうちに、ヴィクトールが通話を終えた。

杏はわざと無反応でいた。それに対してとくになにを言うわけでもなく、ヴィクトールは車を動かす。

大人ってわからない。杏は内心で溜め息をついた。あからさまというほどに今の自分は不機嫌なポーズを取っているはずだ。一言、待たせてごめんとかあってもよくないだろうか。そんなふうにささやかな優しさと小さな特別感を望んでしまうのも、自分がまだ身も心も成熟し切っていないせいなのか。

夜といっても町が眠りにつく時間には早いが、道は混雑していなかった。ヴィクトールの車はするすると順調に進んだ。

先ほど停車させた場所に再び戻るのだろうと思っていたのだが、その予想に反して彼は車を杏の自宅がある方向とは逆に走らせた。

「……あの、ヴィクトールさん、どこに向かっていますか?」

最後まで無言を通すつもりでいたのに、結局はこの状況の不可解さに落ち着かなくなり尋ねてしまう。

「猫町に向かっている」

ヴィクトールは前を向いたまま、そう素っ気なく答えた。そのあとで幾分《いくぶん》口調をやわらげて話し始める。

「君は恥ずかしい思いをしたくないから、勘違いも失敗も恐怖も一緒くたにして隠そうとするけれど。俺はね、結論に至るまでの君の考え方やとっさの判断を面白く、新鮮に感じている。

――君は確かに見た。小説の『猫町』風に表現するなら、『形而上《けいじじょう》の実在世界』を体験して、景色の裏側をちゃんと目にしていたんだよ」

「……もっとわかりやすく教えてください」

「杏は間違っていない。もっと自分の感覚を信じるといい。そういう話だ」

たぶん慰《なぐさ》められたか感心されたかしたのだろうが、やはりヴィクトールの物言いは難しい。

大人ってわからないな、と杏はまた同じことを考えた。

6

猫町に、というヴィクトールの言葉は冗談でもなんでもなかった。

いつもであれば通い慣れない道はたっぷりと時間をかけて迷うくせに、今日に限って一発で猫町に辿り着く。もしかしてこれまでは、無意識下で故意に迷子になっていたのでは？　と杏《あん》は疑いたくなった。

以前にも一度、路駐《ろちゅう》したことのある小さな公園の横にヴィクトールは車を停めた。

「少し歩ける？」

ヴィクトールはエンジンを切ったあとで、思い出したようにそう尋ねた。

前よりかは遅い時間だから気遣《きづか》ってくれたのだろう。そうとわかっても今の自分はまだ臍《へそ》を曲げている最中だ。が、無視するのも大人げない。

「……ええ、今日は幸運なことに、背伸びしすぎた恰好《かっこう》でもないし、踵《かかと》の高い靴も履《は》いていませんので」

意地悪をしたつもりの発言に、ヴィクトールは笑った。

「それはいい」

よくないです、と心の中でのみ反論し、杏は渋々車を降りた。

ヴィクトールの隣に並んで歩いたが、本当にどこへ行くつもりなのやら。

それに、こんな時間に制服姿の自分と一緒に歩くことを、ヴィクトールはなんとも思わないのだろうか。

杏は二人分の足音を意識しながら、ちらっと隣をうかがった。

こちらは秋の季節に合わせて上に裏地付きのロングパーカーを着ているが、下は制服のスカートに厚地の黒タイツ、ショートブーツという組み合わせだ。雰囲気で、女子高生だとすぐにわかるだろう。隣のヴィクトールは車を降りる際、先ほどの恰好の上にライトグレーのショートコートを羽織り、首には真冬にこそ相応《ふさわ》しいような、もっふりしたマフラーを巻いている。寒がりなのかもしれない。

自分で言っていたように、彼はうぬぼれでもなんでもなく「誤解されやすい外見」をしている。まだ深夜でもない時間帯だが、それでもどういう関係なのかと不思議に思われるいびつな二人組ではないだろうか。杏が私服であったら、ぎりぎり恋人だと判断されたかもしれない。

「……ああ、寒い？　君、マフラーくらい巻いたら？」

杏の視線がうるさかったのか、ヴィクトールがこちらを見下ろした。

「現在、女子高生条例で冬季服装に関する法が議決され、期間限定でマフラーの使用が禁止されたんです。違反できません。私って優等生ですので」

とくにピンクのマフラーは巻いているのが見つかったら捕まります、と澄まして答えると、ヴィクトールは鼻で笑った。

「俺が条例破りの犯罪者だってことを教えてあげるよ」

そう嘯《うそぶ》くと、美貌《びぼう》の犯罪者は自身のマフラーを外し、杏が嫌がるのもかまわずに首に巻きつけてきた。ボリュームがあるので顔の下半分が埋もれそうになる。

あっという間にあたたかさに包まれ、杏は眉間に皺《しわ》を寄せた。

「悪い子にされてしまった……」

「前科がついたね」

「……こんな優しさに屈するほど私は簡単じゃありませんよ。女子高生条例を甘く見ないでください。不機嫌な時は十回優しくされるまで甘い顔をしてはならない、とも決められているんです」

「なんの負け惜しみなの？　それ」

ヴィクトールが呆《あき》れとからかいが混ざった口調で言う。

「どうせ、なんで優しくしてくれるんだと聞いても、さっきみたいに意味深に匂わせるだけ匂わせておいて、ヴィクトールさんは結局ごまかすんですよ。しかもなんか私のほうが悪いみたいな言い方をして。で、なんで猫町に来たのかと聞いても、やっぱり適当に濁《にご》されるんですよ。

私が頼りない子ども……、未成年だから！　風紀が乱れるから！」

「なぜ話しながら怒り始めるんだよ。近所迷惑になるだろう。変顔で騒ぐんじゃない」

「変顔⁉」

杏は地味にショックを受けた。背伸びをやめたからと言って、「女の子」までやめたわけではない。好きな人に顔をけなされたら、五分後に人類が滅《ほろ》びると宣告されるのと同じくらい打ちのめされるに決まっている。

ヴィクトールはもっと未成年の女子の繊細《せんさい》さを勉強するべきだ。

そう反撃しようとした時、当たり前のように手を握られて、杏の中の攻撃性は一瞬で消滅《しょうめつ》した。人類の滅亡よりも早かった。

なにこれデートなの、とまず違うだろう考えを真っ先に杏は抱いた。だとしたら、軽い気持ちでほいほいと手をつながないでほしい。

「このくらいの気温が限界だな。これ以上寒さが増すと、俺は冬眠せざるを得ない」

人の気も知らないで、ヴィクトールがおかしな発言をする。

そうしてわけのわからないままのんびりとその辺を歩かされ、いよいよ杏は混乱し始めた。

そもそもここは猫町のどのあたりに相当するのか。

杏はぐるりと周囲を見回した。

真珠のネックレスをした女優が微笑むやけにレトロな大型看板を掲《かか》げるビル、猫の目みたいな緑色の丸いライトを並べた電飾、細い路地、アンティーク調の街灯。雨に濡れたように輝く石畳《いしだたみ》。名画の「夜のカフェテラス」のよう。

視線をさらに巡らせば、左側にはクラシカルなピカピカのプレートを飾った箱形のアパートメントが見える。その横で夜の秋風にゆれるたくさんの向日葵《ひまわり》。ゆれてゆれて、黄色の花が夜空にぐるぐると渦《うず》を巻き始める。「夜のカフェテラス」の世界は、あっという間に「星月夜」の世界へと様変わり。——いや、こんなの、目の錯覚《さっかく》だ。

慌てて視線を逸《そ》らせば、三日月が、空を区切る電線のハードルをいくつも飛び越え、杏たちを追いかけてくる。どこもかしこも幻想的で逃げ場などない。ここは猫町、おかしな光景が当たり前のように存在する。ああ空気が歪《ゆが》んでいる。本当にこの町に来ている。だって今、杏の道先案内猫だった白い女優猫と恋仲の黒猫が、目の前を駆け抜けていった。

「ヴィクトールさん、猫が」

杏は無意識にヴィクトールの手を引っ張って、黒猫を追った。

ヴィクトールはさからわず、杏の好きなようにさせてくれた。二人分の足音が幻想の町に響く。左の道へ、右の道へ、正面へ。街灯が作る自分たちの影が、歩みに合わせて時計の針のようにくるりと回転する。

しばらくして、目映《まばゆ》い建物の前に辿り着いた。光の宝箱のような四角い建物だった。

杏は黒猫を追って地面ばかり注目していたため、その建物が急に目の前に現れたような感覚に陥《おちい》った。

突然立ち止まった杏にヴィクトールが戸惑っていたが、もう少しの間好きにさせてくれるつもりなのだろう。咎《とが》める様子もなく杏の次の反応を待っている。

先を進んでいた黒猫が、光の宝箱めいた建物から出てきた誰かの足にすり寄った。

杏はその人物を確認して、ひゅっと息を呑《の》んだ。

いつも杏を追い回していた幽霊少女のあおいだった。

毛玉まみれの古びたグレーのパーカーに制服のスカート。その彼女も、こちらを見ていた。

不思議なことにあおいは、いつもと違って本気で驚いたような顔を晒《さら》していた。杏はなぜかこの時、舞台裏を図らずも覗いてしまったような気持ちになった。

長く感じられた沈黙のあと、最初に動いたのはヴィクトールだった。

立ち尽くす杏からさりげなく手を離して、同じように棒立ち状態でいるあおいに近づく。

絶句していた彼女の目がヴィクトールを捉《とら》えた。ヴィクトールは長身の部類なので、彼女の視線は自然と見上げる形を取っていた。そこで遅れて、ヴィクトールにもあおいの姿がしっかりと見えているのだと杏は気づいた。

後方の車道から、ブオンと車の走り去る音が響いてきた。

「――君、この子をつけ回すのはやめてくれ」

ヴィクトールはあおいをじっくりと観察したのち、諭《さと》すような口調で言った。

「どれほど追い回して脅かそうとも、君はこの子になれない。いずれ虚《むな》しくなるだけだ」

あおいが目を見開く。幼子のようにあどけない顔に見えた。大事なものをひょいと取り上げられて、ぽかんとしているような。

「こんな真似を続けていれば、いずれ君は通報される」

ヴィクトールは同情も恐れも覗かせず、冷静に続けた。

(――通報?)

杏は、なにを言っているのだろうといぶかしんだ。

幽霊の世界にも警察がいるのだろうか。そうだ、遠い昔に母が、猫は人間に変身して夜間パトロールを行っていると話してくれた。じゃああおいの正体は、怖い幽霊なんかじゃなくて人に化けた猫なのか。だとしたら、通報される側じゃなくて、する側のはずではないか――。

「幽霊のふりが通じて面白がっていたようだけれど、この子を追い回すのはやりすぎだ」

え、と杏は声を漏らした。

幽霊のふり。……ふり、って。

(それは、つまり)

あおいが、顔を強張らせた。すっかり畏縮《いしゅく》していた。

「彼女は幽霊じゃなくて、普通の人類だよ」

杏のほうに顔を向けたヴィクトールが断言する。その直後、あおいは手にさげていたもの

――コンビニの袋を地面に落として勢いよく走り出した。

（逃げた）

杏は呆気《あっけ》に取られながらも、あっという間に遠ざかるその小さな背中を見つめた。そして、ぐるりと緩慢《かんまん》に視線を巡らせた。

目眩《めまい》がおさまれば、幻想もまた掻き消える。

光り輝く宝箱のように見えていた目の前の建物の正体は、なんの変哲もないコンビニだった。周囲の景色のすべてが、メッキが剝《は》がれたように様変わりしていた。煤けたボール電球が並ぶ電飾に、色褪《あ》せた看板。ありふれた、ひとけのない町の一画。それだけだ。

あおいの足元にすり寄っていた黒猫も、いつの間にか消えていた。

杏は最後に、視線を地面へ向けた。あおいが地面に落としていったビニール袋の中には、おにぎりとスナック菓子が入っている。

ヴィクトールは感情の読めない目でそれを見下ろすと、ツンと顔を背《そむ》け、動けないでいる杏の手を再び取った。ビニール袋は無視だ。拾う素振りも見せない。この人は誰にでも優しいわけじゃないんだな、と杏は密かに驚いた。

「これでもう用はすんだ。車に戻るか」

「……あの、ヴィクトールさん」

杏はまだ完全にはこの事態を飲み込めずにいた。呼びかけたはいいが、なにから聞くべきか決められない。

ヴィクトールはいつもよりもゆっくりとした歩調になると、「なに？」と優しく聞き返した。

「わからないことがたくさんあるんです。教えてもらってもいいですか」

「いいよ。俺は杏に振り回される日々を受け入れることにしたんだ」

軽い口調で放られた言葉に杏は足を止めかけたが、促《うなが》すように手を引っ張られてまた一歩を踏み出した。

その時、背後から、にゃあ、と猫の鳴き声が聞こえた。あの黒猫だろうかと思ったが、振り向こうとした途端、再び手を引かれた。先ほどよりも多少強引な動きに感じられた。

「あの幽霊少女は、本当に幽霊じゃない？」

「じゃないね」

「……生きている、普通の女の子？」

「なにをもって普通と断じるかは人によると思うが、杏の感覚に添って言うなら、その通りだ」

「ですが、彼女の死体が猫屋敷の庭に……いえ、おかしいですよ、なぜわざわざ幽霊の真似なんかするんですか。それに、彼女に追い回されていた時だって、見ず知らずの通行人は私ばかりに注目していたんです。彼女の姿は見えていませんでした。だとしたらやっぱり彼女は」

混乱しながらも杏が早口で問うと、ヴィクトールはこちらをじっと見て微笑んだ。

杏に見惚《みと》れさせるための、わかりやすい作り笑いだ。自分の顔のよさを本当によくわかっている人だと杏は呆れた。だが彼のずるい行為はそれなりに効果があった。幾分《いくぶん》冷静さが戻ってくる。

「杏は感覚が麻痺していると言っただろ。……あの子に幽霊だと自己申告されたから、素直にそうなのかと信じてしまったんだ。とくに疑問にも思わなかったのは、今まで対決したアレらの中に同年代の少女がいたせいでもあるんじゃないのかな。経験が今回は仇《あだ》になっている」

ヴィクトールがわずかに同情を滲《にじ》ませて言う。

「前の体験を重ねてしまったせいで、間抜けな勘違いをしたってことですか」

真相を教えられて杏はその場にへたり込みそうになったが、ヴィクトールが腕を支えてくれた。

「ほら、車までがんばれ」

と、ほとんど引っ張られるような形で歩かされる。そうして車を停めていた場所までなんとか戻った。

項垂《うなだ》れる杏を助手席に押し込み、ヴィクトールも運転席におさまった。

彼はすぐにエンジンをかけたが、車を走らせようとはしない。こちらに顔を向け、話を再開させる。

「あの子は、きっと内心では驚いていただろうね。君が疑いもせず幽霊だと信じてしまったから。そして得意になった」

「……私が彼女の嘘を真実に変えたから？」

「そう。味を占めて意気揚々《ようよう》と杏を追い回した。どこまで信じてくれるだろう、どこまでやって許されるのか。はじめはその程度の無邪気な悪意だったのかもしれない。だが……これは俺の推測でしかないが、あの子は、杏が信じてくれたから自分も本気で信じたくなったんじゃないかな」

口には出さなかったが、ぞっとしない話だと杏は思った。

「本当に君に取って代わりたいと願い始めたのかもしれない。遊び感覚で追い回していただけの杏を執拗《しつよう》に付け狙って、家の場所や行動パターンまで割り出すようになっている」

べちゃりと身体に泥《どろ》を塗《ぬ》りたくられたような不快感に襲われ、杏は眉《まゆ》をひそめた。

友達になりたいと望まれたなら手を取れるが、なぜそうも依存を超えたいびつな執着を向けられねばならないのだろう。

（――認めたくない）

あおいを、自分と同じ生きた人間だとは認めたくない。いつかの花火の夜に自分を苦しめたあの「彼」と重なってしまう。でも本物の幽霊なら、常識や理屈を求めるのは間違いなのだと、その異様な執着に対してもどこかで諦《あきら》めがつく。

頭に浮かんだそういう薄暗い考えが、杏に無駄な悪あがきをさせた。

「彼女は私と二度目に会った時、こんな話をしていました。好きな男の子に『幽霊と目が合った』と怯《おび》えられたことがあるって。私の反応を楽しむための作り話だとは思えませんでした」

好きな男の子の話題を口にした時のあおいは、ヴィクトールが言うような無邪気な悪意ではなく、「明確な悪意」を杏に向けてきた。その直前までは自身の姿が誰の目にも見えないことを誇《ほこ》ってすらいたのに。

本気の憤《いきどお》りが彼女の声に含まれていたように思う。

「それに、そうです。彼女が私を追い回していた時にすれ違った人々だけじゃなくて、好きな男の子の話をした時に猫屋敷の近くを通った住人も、やっぱり見えていませんでした」

「待ってくれ。その住人って、猫屋敷に暮らす阿部里穂《あべりほ》とはまた別の人類か？」

ヴィクトールに怪訝《けげん》な顔で問われ、杏は「そういえば」と、自分の話に抜けがあることに気づいた。

あおいの誘導で猫屋敷の庭を掘り、白骨を発見したことは簡単に説明をすませている。これは、昼間に彼女と、里穂の猫屋敷を訪れた日よりもっと前の出来事となる。そしてヴィクトールにこの話を打ち明けたのは『蒸しパン』……杏が曲げ木椅子講座をした時だ。が、細部に関しては省《はぶ》いていた。

先ほど車内で説明した内容に関しても、ヴィクトールとともに訪れた日以降のものとなるので、それよりも前に登場する清水《しみず》についてはやはり含まれていない。

「はい。彼女と好きな男の子の話をするほんの少し前に、猫屋敷の近くに住む男性が通りかかったんです。あおいちゃんはその会社帰りらしき男性――『清水さん』に大声で呼びかけていました」

「幽霊少女は、その人類を知っていたのか」

「と思います。でも清水さんは、彼女を見なかったんですよ。むしろ私のほうが驚いて声を上げてしまったんですが、清水さんが反応したのはその時だけでした」

頭の中にその光景を再現しながら杏は説明した。ヴィクトールが視線で先を促す。

「彼女に何度呼びかけられても、気にする素振りもなく、さっと自宅に入っていったんです。もしあおいちゃんが幽霊じゃなかったら、清水さんも私を騙《だま》そうと企《たくら》んでいたってことになります。……ですが、皆でよってたかって私を騙さなければならないような理由があるでしょうか」

反論する様子もないヴィクトールの静かな態度に、杏はなぜか焦りを抱いた。

間違った主張はしていないはずなのに、道を逸れてしまっているような落ち着かない気分になる。

「他にも白骨死体、いえ、あれは実際には人間の骨じゃなくて猫たちのものだったようですが、どちらにせよ、『骨』がそこに埋まっていたのは事実です。それをなぜ彼女は知っていたんですか」

幽霊ならその存在の理不尽さでどんな不思議も納得できる。けれども生きた人間の場合は、確かな理由がなければ受け入れられない。……こんな考えを持つほうが、幽霊の存在よりも理不尽だろうか。

ヴィクトールはしばらく黙った。

言い包《くる》められて困っている雰囲気ではなかった。どこから説明しようか、と頭の中で順序を整理している表情に思えた。

杏は話している間にわずかに弾《はず》んだ息を調《ととの》えながら、伏せられたヴィクトールの目を見つめた。暗い車内ライトの下で、ヴィクトールの瞳は黒っぽい色に変わって見えた。

「……俺は、杏の話を頭から否定したことはないんだよ」

唐突にヴィクトールはそう話し始めた。

「たとえばダンテの霊も、バズビーの霊も。君の考え方、とっさの判断は新鮮で面白いと言ったのも、嘘じゃない。まあ、斜《なな》めの方向に突き進んでいるとは思うが……。なにかしら意識に引っかかるものがあるから、君はそれに目を向ける。無意識にも。俺はそう考えているんだ」

「さっきの、景色の裏側を見たっていう話にかかりますか？」

杏が警戒して尋ねると、ヴィクトールは思わずというように笑みをこぼした。

「珍しく勘がいい。そうだよ、俺は現実を見失ってよろめく君も受け止められる」

「そういう話、してました⁉」

「しているんだよ。それに俺は結構、根に持つ。すごく」

「はっ⁉」

「本気で隠し事が嫌いだ。何度も刻み込むように言わないと、杏は理解しない。面倒だな」

笑っていたと思ったら急に怒り出したが、こちらだってびっくりだ。

「め……面倒⁉　本心だとしても、それ、実際に私に聞かせます⁉」

「ああ、口が滑《すべ》った。時には隠し事も必要かな」

しれっと！　この人、しれっと嫌みを言った！

「面倒なだけで、拒絶はしていない」

「落としてから上げるの、百年前から憲法で禁止されているんですよ、ご存じありません⁉」

「なにその不可解な憲法。法律はいつだって俺を苦しめるんだ」

わけのわからない嘆《なげ》きを聞かせたあとで、ヴィクトールは大人としての眼差しを杏に向けた。

「猫町の死体の話を聞いた時だって、すべてを否定しなかっただろ。――あそこで終わっていればよかったんだが」

含みのある言い方に、杏は迸《ほとばし》らせようとしていた感情を抑え込み、考えを巡《めぐ》らせた。

昼間に猫屋敷を訪れて里穂に猫の骨を見せられた後、ヴィクトールは「悩みは解決したか」と杏に尋ねはしたが、それ以上その話題に触れることはなかったように思う。

――そうだ、彼はなにも否定していない。

むしろ唐突にデートの話題なんかを持ち出して、杏の意識を逸らそうとしたのではないか。

（私を「猫屋敷の白骨死体に問題はない」と誤解させておくため？）

もしもその後に杏があおいと関わることがなければ、ずっと触れずにいたのではないだろうか。

思い返せば望月晶《もちづきあきら》の騒動の時だって、なんだかんだ言いつつもヴィクトールは裏で一人情報を集めている。

杏は急に不安を覚えた。黒歴史がどうこうと恥ずかしがっている場合でもない気がした。

「それに君はさ、ちょくちょく俺の話を忘れるよね。でも俺は忘れないほうなんだよ」

「おかしな怒りを再燃させて私をすぐに罵《ののし》るのも、本当ダメだと思うんです」

こちらの恐れや苦悩を掻き消すヴィクトールの意味不明なクレームに、杏はつい突っ込んだ。

「おまけに、自分が言ったことでさえ無責任に忘れるんだ」

彼は何事かを思い出してさらに腹が立ったらしく、トントントンと指先でハンドルを叩いた。

「話がズレてます、ヴィクトールさん」

「杏が言ったんだよ、自分が見えないものを見すぎてしまう時は俺が目隠ししてくれって」

ヴィクトールが据わった目をする。

「俺が見えないものを見たい時は君が目隠しを外す。そう俺を口説《くど》いてその気にさせておきながら、知らん顔で突き放してわけのわからない意地をはるとか……ああ、人類は酸素の代わりに矛盾《むじゅん》を吸い込んで生きているんだよね。知ってる」

「流れるように罵倒《ばとう》する！　って、私がいつ口説いたんですか……そんな大胆《だいたん》な真似をした覚えは……っ」

冤罪《えんざい》だと訴《うった》えようとして、思い出した。

あった。覚えが。

口説いたかもしれない。

（ダンテスカの騒動の時、それも今みたいに車に乗っている時、調子に乗って恰好つけたような……）

杏は、恐る恐る彼の反応をうかがった。辛辣《しんらつ》としか言いようのない、冷ややかな視線を寄越された。

「俺は自分が馬鹿になった気分だ。あれもこれも都合良く忘れる君のために、あちこち駆け回っている。君の言葉を取りこぼしもしない。妄想過多な言葉の数々を俺はきちんと振り分け、順番通りに並べて、正しい場所に戻している。そうしてきた。異論はないよな？」

「な……ないかもです、はい」

嘘だ。ありすぎる。が、これまでに起きた大きな幽霊事件の真相を、ヴィクトールは解き明かしてきた実績がある。

「こういう男が、他にいると思う？」

それ、自分で言いますか。

……と、声に出したら、喧嘩に発展しそうだ。

「いいえ、はい。いないです、はい」

杏は神妙に受け答えした。

「どっちだよ」

ヴィクトールは目尻をつり上げ、

「俺は、口説かれた礼に、誠意をもって、君のための優しくまともなヴィクトールというやつになっていると思うけど。輪切りのテーブルくらい作ってやろうかなと思うくらいには」

どこに誠意が……とも聞き返したくなったが、それよりも、突然出てきた輪切りのテーブルに杏の意識は持っていかれた。

驚く杏を、しかしヴィクトールは甘さ皆無の冷え切った目で見た。

「室井武史《むろいたけし》に相談しないで、俺に直接言えばいいだろ」

「は……い、はい……」

室井から聞いたのだろうか。

（ヴィクトールさんは雪路《ゆきじ》君にデートの話もするし、職人たち、めちゃくちゃ仲がいいなあ！）

でも、できれば輪切りのテーブルの件は伝えないでほしかった！

ひょっとして、隠し事をするなとしつこくヴィクトールが責めてきたのは、この件も関係していたからなのか。

「それで、こんな時間にも君を車に乗せている」

ヴィクトールの攻撃ならぬ口撃が止まらない。

「はい、すごく感謝しています、はい……」

これはもう当分の間、反抗はやめて従順でいたほうがいい。

「あっ今回も、ちゃんと私の……ため……、私の言葉を聞いてくれて、それで色々調べてくれた、ということで合っていますか……」

「合っている。言っておくが、変な恥じらいをして話をズラすのはいつも杏のほうだからな」

「はい、すみません」

非常に上から目線で叱られ、ついでにけなされもしたが、とにかく下手《したて》に出て、「はい」で乗り切る以外ない。……でも正直なところ、自分の話を真剣に聞いてくれるのは、それに椅子が関わっているという理由がなにより大きい気がしてならない。

今回で言うなら、猫屋敷の庭に放置されていた廃品同然のベントウッドチェアだ。あれが一番、心を占めているのでは？

ヴィクトールは車体の底を抉《えぐ》りそうなほど深い溜め息を落とすと、気持ちを切り替えたように真面目《まじめ》な顔をして杏を見た。

「さっき俺が話していた電話の相手は、島野《しまの》雪路だよ」

「えっ、雪路君？」

杏は目を丸くした。

「店を出る前に、彼に調べものを頼んだ。難しいことじゃない」

「調べものって?」

「この地区で黒いプリーツスカートの中学校は存在するのか、ということを尋ねた。それも規則の厳《きび》しい学校だ。靴下の色の他、髪留めの色まで黒や白とかに細かく指定されているような。パーカーの色だって決められているかもしれない。靴もローファー以外は禁止で、髪型もロングの場合はひとつにまとめるよう注意されているかもしれない」

ヴィクトールが片手をハンドルに乗せ、バックミラーに目をやって話を続ける。

「島野雪路は快く請《う》け負《お》ってくれた。すぐにわかるって。彼が言うには、周辺の学校事情について妙に詳しく知り合いも多い軽薄な友人がいるんだと」

……なぜかここで徹《とおる》の顔が思い浮かんだ。

彼は学校の垣根《かきね》を越えて友人知人がたくさんいそうだ。

さほど他校の生徒と交流がない杏でも、どこどこの誰々が恰好いいとか美人とかいう情報は知っている。意外と世間は狭《せま》い。

「島野雪路はさっそくその友人に聞いてくれた。猫屋敷の通りから数区画離れた場所にある中学校が、その条件に該当《がいとう》するってね」

「そんなに校則のがんじがらめな学校、本当にあったんですか」

「うん。で、もうひとつ。その学校で登校拒否をしている女子生徒はいないか。そこら辺の事情もわかる範囲で教えてほしいと頼んだ」

「登校拒否……、私を追い回した幽霊少女が、その子ってことですか」

そう言いながらも杏は首を捻《ひね》った。

「どうして登校拒否をしているとわかったんですか」

「わかったんじゃなくて、その可能性があると予想しただけだ」

ヴィクトールは億劫《おっくう》そうに答えた。

「普通に生活している人類なら、毎日のように他人をつけ回して下校ルートを短期間で調べたり、店のそばで何時間も見張りを続けたりするのは難しい」

……言われてみれば、確かに。

調査に慣れていそうな刑事でもない中学生の女の子が単独でそれを行うなら、自分の私生活を犠牲《ぎせい》にしなければとても成り立たないだろう。

ヴィクトールは、丸いハンドルを「杏の二十四時間」に見立てでもしたのか、指先でその縁《ふち》をなぞった。

「登校後の午前から昼の時間帯は省略できる。活動するのは午後二時から夜の七時前後と考えて……その少女は君を尾行し、ある程度、よく利用する道にあたりをつけた。そこで根気よく待機し、行動パターンと正確な時間帯を割り出している」

冷静に説明され、あたたかいはずの車内にいるのに杏は寒気を覚えた。

知らない間に監視されていたという事実が、胸に重くのしかかる。

「……相手が、同年代の女の子なだけましですよね」

もしも本気でよからぬ計画を立てる暴漢などであれば、こんなふうにのんびりと話し合ってはいられない。

そう自分を慰《なぐさ》めようとしたのだが、ヴィクトールは「なにを言っている」と厳《きび》しい表情を見せた。

「相手が未成年の女だろうが、そうじゃなかろうが。『まだまし』なんてことはない。絶対にない。どんな相手だろうと許してはいけないことだ」

「……はい」

彼は杏を怒っているのではなく、本当に心配している。それが伝わり、杏は眉を下げた。

ヴィクトールは吐息《といき》を漏らすと、あえての淡々とした口調で話を再開した。

「杏以外の人類のこともつけ回していたという話が事実なら、その子は長期にわたって学校にまともに通っていないか、通えないような事情があり、時間を持て余していたと考えるのが妥《だ》当《とう》だ」

ただただ不気味に思えていた幽霊少女の輪郭《りんかく》が、明確になっていく。

「さらに言えば、通常の親なら、そんな不安定な状態にある子どもをいつまでも放置しておかない。それでも彼女が保護もされず、自由に活動していたのなら、家庭環境に問題を抱えている子の可能性が高い」

「そうですね……」

「学校という狭い世界、それも中学生という思春期真《ま》っ盛《さか》りの年代の子たちはとくに、身近な人類の存在に敏感だ。複雑な事情を持つ子が在学しているのであれば、生徒たちの間で噂《うわさ》になる。……とはいえ、あの子がどこに住んでいるか、どんな環境に置かれているかが、こんなに早くわかるとは思わなかったが」

ヴィクトールはそこまで一気に話すと、わずかに言葉を選ぶような顔をした。

「子どもって残酷《ざんこく》だろ。それで、そんな残酷な子ども時代を経《へ》ているんだから、大人だってもちろん残酷さを隠し持っている。輪から弾かれないよう、理性の仮面でうまくごまかしているだけだ。それは生きる上で当然の話でもある。……杏の話によれば、彼女は、好きな男の子に幽霊と言われたんだよね」

「はい」

ヴィクトールが予防線を張るような物言いをする時は、高確率で胸にずしっとくる話をされるのだ。

杏は衝撃《しょうげき》に備えて身構えた。

「ほぼ登校拒否状態にあり、家庭環境も悪くて——くたびれた服を毎日着るような痩《や》せ細《ほそ》った女の子が、ある日急に親しげに笑顔を向けてきたら、どうなるだろう。その年代の男なんて精神年齢が育ち切っていないんだから、軽はずみに彼女を傷つけるようなひどい発言もするんじゃないか」

「……幽霊」

杏は、ぽつっとこぼした。

ヴィクトールがこちらの反応を観察するような目をして、うなずく。

「そう。あまり学校に来ないような子が、珍しく登校してくる。クラスメイトにとっては、親しくもない生徒など、いてもいなくても同じだ。幽霊みたいに実態がない少女。そんなぱっとしない子が淡い恋を抱《いだ》いて自分に笑いかけてくる。嬉しいわけがない。まわりに知られたら恥ずかしい。どれほど友人たちにからかわれるか。変な噂でも立てられたらたまったものじゃない。全力で拒否しないと――で、とっさに『幽霊と目が合った』と叫んでしまうかもしれない」

「……それも、調べてわかったことですか？」

「君の視点は鋭いことがある。ああ、そうだよ。幽霊少女は学校でも同じように『幽霊女』と渾名《あだな》をつけられていたみたいだ」

杏はきゅっと目を瞑《つぶ》った。

彼女が置かれている立場を揶揄《やゆ》する目的で、杏はそう呼んだわけではない。本物の幽霊と誤解しただけだ。そこからの名付けだ。

――だがそんな事情、あおいには関係ない。

「清水《しみず》という通行人についてだが。名前がわかっている時点で、彼女と多少なりとも接点がある人類だ。名もない通行人じゃない」

「……はい」

「清水は彼女を見て見ぬふりをしたという。なら彼には、過去に彼女の存在を丸ごと否定したくなるほどのなにかがあったんだろう。……杏の話を聞く限りでも、他人に距離感なく付きまとって、大声で呼びかけて来るような人類とは関わりたくないと思う」

幽霊というベールを取り除けば、そこには無遠慮に振る舞うちっぽけな女の子の姿だけがあった。

他人に顔を背けられる少女。杏も迷惑を被《こうむ》った。許さなくていいとヴィクトールは言う。もちろん許す気はないし、友達にもなりたくないが――なんだか彼女は、わけもなく目を逸らしたくなるような、不可解な後ろめたさのようなものを人に抱かせる。

もしかしたら、これまでに彼女となんらかの形で接触した人たちも、杏と同じような感覚を抱いたのではないだろうか。

黙り込む杏を見つめて、ヴィクトールが次のベールを剝がしにくる。

「身内ならいざ知らず、他人の子どもなんか本当は誰だって興味がない。興味があるふりをしたり、優しくしたりするのは、それが社会では褒《ほ》められるべきことという通念が浸透《しんとう》しているせいだ。本気の興味を抱くのは、悲劇的、猟奇的《りょうきてき》な出来事がその相手に降り掛かった時だろう」

「え……」

「幸せな恋愛映画を人類が好むのは、それが虚構だとわかっているためだよ。夢物語だからそこに自分を投影できる。主人公に自分を重ねられる。でも、実在する赤の他人のハッピーな話なんて内心面白くないはずだ」

極端すぎないだろうか。人類嫌いなヴィクトール独特の意見というか。

「簡単な話、知らない人類が宝くじに当選して喜んでいたら、その姿を見て自分も幸せになれるか？　無理だろ」

そんな生々しい喩《たと》えを出されても。

引いてしまったが、多少は納得できる部分もある。かなり独善的だが。

「すると彼女……、あおいちゃんはあのあたり、猫屋敷付近に住んでいる子なんですね」

近所の住民だからこそ清水の名も知っていた。この流れならそう考えるのが自然だ。

だがそれには答えず、ヴィクトールは顔を正面に戻すと、「遅くなる前に行くか」とつぶやいて車を発進させた。

あれ、と杏は思ったが、ヴィクトールがこぼした次の言葉に意識を奪われる。

「彼女に追い回された時に、すれ違う通行人が杏だけを見ていたのは、謎《なぞ》でもなんでもないよ。当然、先頭を走る人類にまず目が向かうだろ。その後に、後方の彼女にも目を向けていたはずだ」

「あっ、そうか。そうですよね」

深読みしすぎていただけだと指摘され、杏は気まずくなりながらも感心した。

「杏もその時に振り返っていれば、彼女に注目する通行人の姿を見れたかもね」

ひとつひとつ妄想が壊されていく。

（ヴィクトールさんは本当に全部解決してくれる気だ）

杏は不思議な気持ちを抱いた。こうして話を聞けば、冷静にまわりを見ていたらどれも自分で気づけるようなことばかりだ。いや、目にした情報の、どの部分を意識し、どう捉えるか、それはその人の感性だろうか。

「猫たちの骨事情にも通じていたのって、あおいちゃんが猫屋敷に興味を持って観察していたためでしょうか」

ヴィクトールに少し興味を持っていた短気なあの女性——阿部里穂にも、あおいはもしかするとなりたがったのかもしれない。

「——そこが、今回の厄介《やっかい》なところだな」

ヴィクトールが渋面を作った。そこから無言で車を動かし、やがて減速させる。彼は、猫屋敷が見える位置に車を停めた。里穂に見つかってもかまわないと思ったのか、猫屋敷のほうからもはっきりと見える位置だ。

杏たちが車を降りた時、猫屋敷の近くに建っている一軒家の玄関から年配の男性が出てきた。両手にゴミ袋を持っている。道路手前に設置されたゴミ収集場所に向かっている。

ヴィクトールは再び杏の首にマフラーをさっと巻き付けると、その男性に歩み寄った。杏も顔が埋もれそうなほどボリュームのあるマフラーを巻き直し、慌ててあとを追う。

時刻は八時目前という頃。訪問するには少々遅い時間に「すみません」と声をかけられ、見知らぬ男に――それもやたらと華《はな》やかな容姿の男と、制服を着用した未成年の少女という謎の二人組に接近されたら、誰でも警戒するだろう。

ワイン色のニットセーターを着込んだ小柄《こがら》な男性は、杏たちを見て、露骨《ろこつ》に迷惑そうな顔をした。返事もしない男性に、ヴィクトールは親しげに微笑んだ。

「夜分遅くにすみません。僕は＊＊＊中学と連携《れんけい》している学習塾の講師なのですが――。あ、こっちの彼女はうちの塾生です」

突然幕を開けた講師と塾生の芝居に、杏は動揺しながらも、気合いでにこりとした。

(まさかの中学生扱《あつか》い……)

ヴィクトールは時々無茶振りするので困る。

「うちの塾で一人、欠席し続けている子がいましてね。月謝をいただいているので放置もできず……。そこで同級生だというこの子から色々と話を聞きまして、生徒さんがこちらの――お隣のお宅に住んでいる女の子だと知ったんです」

「……はあ」

男性が呆気《あっけ》に取られた様子で相槌《あいづち》を打つ。

(ヴィクトールさんのペースになっている)

杏は同情の目でそっと男性を見た。

「できたらその生徒さんと直接話がしたくて。ああ、すみません。僕たちは塾帰りでして、こちらに来るのがこんなに遅い時間になってしまいました。ご迷惑ですよね。日をあらためて明るい時間帯に訪れるべきとはわかっているのですが、うちは学校指定の塾ですし……。それに、どうにもその生徒さんが心配で」

ヴィクトールは人のいい笑顔をキープして、よどみなく嘘を紡《つむ》いだ。

彼の大胆なやり口を目撃するたび、杏は本気で感心する。遅い時間の訪問にもきちんと理由をつけている。そして、「やあ、面倒事は早く片付けたいんですよね、わかるでしょ？」といった大人の事情もちらっと匂わせているのがなんともずるい。

男性は幾分警戒をとくと、すばやく杏を見た。

「ふん、なるほどねえ。大変だね」

杏が実際にそれらしく制服のスカートを穿《は》いているので、どうやらヴィクトールの話を信じてくれたらしい。

「いや、あんた、あっちのお宅に娘さんはいませんよ」

「えっ、いない？」

杏は思わず声を上げてしまった。二人の視線が杏に集中する。

（しまった。っていうか、いないって、なんで!?）

演技の下手《へた》な杏がぼろを出す前に、ヴィクトールが口を開く。

「あれ、でもあちらの立派なお宅にその生徒さんが入っていく姿を見たと、この子も言っていたのですが。そうだよね？」

「え、あ、は、はい！　間違いないです！」

アドリブを求めないで！

杏は高い声で肯定しながら、胸中でヴィクトールを恨《うら》んだ。

よく考えれば、本当に学校指定の塾なら生徒の住所など調べるまでもないのだが、堂々と振る舞えば嘘はすぐにはバレにくい。

「あー……、そこの奥さんの、親戚《しんせき》の子だね、それ」

男性はゴミ収集所の蓋《ふた》をしめると、腰を伸ばしてヴィクトールを見た。

彼の美貌に今頃気づいたのか、びくっと肩をゆらす。だがそこは年の功、すぐに普通の態度に戻った。

「やーね、隣の奥さん、ちょっとあれでさ」

出た、いくつもの意味を孕《はら》む「ちょっと」。杏はその言葉が持つ怖さを知っている。

「子どもを亡くして以来ね、ずいぶん長い間、家に引きこもっていたんだよ。かわいい子だったよ。十歳くらいの女の子だ。我が子を失って相当がっくりきたんだろうね。奥さんはそれから年単位で姿を見せなかった。本当、六、七年は見なかったんじゃないかね。何度かあそこの祖母と話したことがあるよ。どうしたら元気に戻ってくれるかって」

「それは、なんというか……」

ヴィクトールが困った顔をする。内心では困っていないくせに。

「な。まあ事情が事情だから可哀想《かわいそう》なもんだよ。ところが一年前の今ぐらいの時期かな、急に外へ出るようになったと思いきや、妙に若作りをしちゃってねえ。清楚《せいそ》な感じの奥さんだったのに、別人みたいに化粧も服装も派手になっちゃって。子どもを亡くしたショックで自暴自棄《じき》になったんだろうね」

男性は頭を掻いた。

「あんま言いたかないが、このあたりの若い男に粉をかけるようになったんだよ」

「おや。……ひょっとして、既婚男性にもでしょうか」

ヴィクトールがわざとらしく興味を示したような顔を作る。

杏は「平常心」と心の中で唱《とな》えた。

「そうそう。それで、はじめは同情していたここらの奥さんたちからひどく嫌われて、村八分状態。旦那も自分の妻に余計な疑いを持たれたくないっていうんで、遠巻きにする。ああ、あんたの言う生徒さんが家によく来るみたいだが、その子もなんかちょっと変で、やっぱり皆、関わらないようにしてるね。まあ、はっきり言っちゃえば、祖母もあまり関わりたい人じゃなかったけど」

「なぜですか?」

「野良猫に餌《えさ》をやって集めてんだよ。で、そこで死んじゃった猫を庭に埋葬《まいそう》してんだと。ちょっと不気味だろ。子どもが亡くなってから、あの祖母も少しおかしくなったんだろうね。それまではまともそうに見えたのに」

あんま言いたかないと前置きしたわりには、しっかり情報を落としてくれている。

杏は、大人って建前と本音が違うよね、と思った。

「なるほど……そうでしたか。お話を聞かせてくださってありがとうございました」

ヴィクトールは爽やかに礼を述べた。

「とりあえず親戚の方なら生徒さんの事情にも詳しいでしょうし、やはり一度ご挨拶に行こうかな」

「あんたもご苦労さんだねえ。こんな時間まで働かなきゃならんとは」

「いえいえ、とんでもないですよ。……ああ、ちょうどいいところに。それでは失礼します」

ヴィクトールが言葉の途中で猫屋敷の方角に顔を向けた。杏もつられてそちらを見た。

少し離れた場所にある猫屋敷——阿部家の庭に、いつの間にか明かりがついている。

どうやら里穂が庭に出てきたようだ。

夜間は多少距離があっても、人の声はそれなりに響く。ヴィクトールは声を抑えていたが男性のほうは普通の声量で話していた。それを里穂は耳障りに感じて、誰が話し込んでいるのか確認しようと外へ顔を出したのかもしれない。

ヴィクトールは男性に頭を下げたのち、迷いのない足取りで猫屋敷へ近づいた。

杏もあとに続き、驚いた。

(庭に放置されていた、たくさんのがらくたが回収されてる)

壊れたベントウッドチェアも消えていた。おかげで庭はずいぶんと広く見える。横のボーダーフェンス間際に生えている庭木の豊かさが鬱陶《うっとう》しく思えるくらいだ。

ヴィクトールもすっきりした庭の状態に気づいたようだが、さっと家に戻ろうとした里穂に「こんばんは」と声をかけて引き止めた。

里穂は答えず、前と違って敵でも見るような目を向けてきた。その眼差しに、異性に対する執着などは微塵《みじん》も感じられない。服装はシンプルなロングワンピースにパンツだ。家着だが、コンビニくらいは行けそうな恰好だった。

「庭をずいぶん整理されたんですね。ああ、覚えていますか、僕は椅子ショップの者で――」

「あの、私、引っ越しするんです」

里穂はヴィクトールの言葉を途中で叩き斬った。

「荷物運び出しちゃったし、このあとすぐにホテルのほうへ移動しなきゃなんないの。忙しいので、これで」

と、強引に会話を切り上げようとする里穂の背に、ヴィクトールは愛想笑いを消して静かに尋ねた。

「妹さん、幽霊になっていますよ。このままにしておくんですか」

その直後こちらを振り向いた彼女の顔を、どう表現したらいいのか。

「あなた、今なにを」

それこそ幽霊と対峙《たいじ》しているかのような目を向けられる。

動揺する彼女の、激しく鼓動する心臓の音が聞こえてきそうだった。

杏は、ぽかんと成り行きを見守った。

ヴィクトールは口を開かない。緊迫《きんぱく》した沈黙が続いて杏が焦《じ》れ始《はじ》めた時、阿部家のテラスのガラス戸が内側からゆっくりと開かれた。

中から年配女性が出てきて「里穂さん、お友達?」と声をかけてくる。

ライトはあっても、テラス屋根が影を生み出していたので、庭のフェンスの外にいる杏たちの位置からではその女性の顔をはっきりと見て取ることは難しい。しかし、ゆったりとした高い声や雰囲気が、女性のおよその年齢を教えてくれた。六十から七十といったあたりだろう。

「お友達なら、家に上がってもらったら?」

その親切な言葉に、彼女以外の全員が戸惑った。

「……いいえ、道を聞かれただけよ。おばあちゃん、寒いんだから早く中に戻って」

里穂は夢から覚めたように瞬きをすると、ヴィクトールも杏も無視して慌ただしく家に入った。

「あら、そう？　でもお茶くらい」と残念そうに言う年配女性の声を遮断するかのように、里穂が後ろ手でガラス戸を勢いよく閉める。テラスのライトも消されてしまった。

杏たちは少しの間、固く閉ざされたガラス戸を見つめた。

まだすべてが明らかにされていないのに、ここで無理やり打ち切られたような物足りなさを感じる。だがこれ以上なにをすべきか、杏にはわからなかった。

おとなしく帰る気にもなれず黙り込んでいると、

「……杏、今日は、もっと悪い子になってみようか？」

いきなりヴィクトールにそんな怪しい提案をされ、杏は、は？　と声を上げた。

「俺と夜更かししようよ」

この場面でなければ、どきどきしたかもしれないお誘いだった。

7

夜、十二時。町も本格的に眠りにつく時刻だ。

杏《あん》たちは一度それぞれの家に帰って準備をすませると、再び待ち合わせをして猫屋敷の前に戻ってきた。正確には、道路を一本挟《はさ》んだところにある空き地の手前に車を停めた。

杏は黒地に白線の入ったスタジアムジャンパー、ヴィクトールは帽子にやはり黒のマウンテンパーカーを合わせている。下は二人とも黒パンツだ。

(……怪しすぎる組み合わせじゃない?)

全体的に二人とも、なんというのか、黒々しい。

「なに変な顔をしてるの? ほら、行くよ」

先に車を降りたヴィクトールに呆れた顔で催促《さいそく》された。彼の肩にはナイロン製のリュックがある。

「変な顔じゃないです」と言い返して、杏も車を降りた。ヴィクトールが「はいはい」と適当にいなし、トランクから大型スコップと小型スコップの二種を取り出す。

その二本を抱えて彼は歩き出した。杏も隣に並ぶ。目指すはもちろん猫屋敷だ。

里穂《りほ》はホテルに移動すると話していたが、その言葉が事実かどうかはわからない。家の電気はすべて消えている。杏たちを追い払うために嘘をついたのだとしても、この時刻だ。とっくに就寝していてもおかしくない。

無言のまま猫屋敷前に到着する。一人ずつ順番にボーダーフェンスを乗り越え、庭に入る。

ヴィクトールが音を立てないよう静かにスコップを地面に並べた。肩のリュックもおろし、中から軍手を取り出してすばやく手にはめる。

杏は彼の腕を軽く叩いて、私も、と声なくねだった。いかにも「手伝わなくていいのに」と言いたげなヴィクトールをそっと押しのけ、杏は勝手にリュックを漁《あさ》って予備の軍手と懐中電灯を取り出した。ヴィクトールが溜め息をついた。

(うーん、犯罪臭《しゅう》がすごい漂っている。……実際にこれ、犯罪じゃない……?)

杏は身を震わせたが、中止する気はなかった。

(悪い子になると決めたし)

ヴィクトールがしばらく庭の地面の状態を確認したのち、慎重《しんちょう》な手付きでスコップの柄《え》を握り、とある箇所《かしょ》に突き立てた。

杏もその横で、小型スコップを使った。

既にある程度、真相に思い至っているらしき彼に聞きたいことはたくさんあったが、夜更かしの提案後も、待ち合わせ後の車内でも、「庭を掘ってから」の一点張りでなにも説明をしてくれない。

早く無断での庭掘り作業を終わらせて、すっきりしたい。それにここでもたもたしていたら、誰かに見咎《みとが》められる恐れがある。通報だけはされたくない。

（あれ……前に掘った時よりも土がやわらかい？　というより、前に掘った場所から少しズレてない？）

時間がかかると思われた作業は、予想に反してスムーズに進んだ。まあ、杏は戦力外で、懐中電灯の位置を変更するくらいしか役に立っていないが。意外と力のあるヴィクトールがさくさくと地面を掘っていった。

里穂が埋めたという猫の骨は、わずか五分ほどで現れた。以前と掘った場所は異なるが、また別の猫の骨らしい。

なぜ猫の骨を再確認する必要があったのか、と不思議に思う杏に、ヴィクトールは身振りで少し遠ざかるよう指示する。懐中電灯で地面を照らし続けてくれ、とも。

そしてなぜか、彼はさらに深く掘り始めた。

まさか、という思いが胸に芽生える。同時に、ヴィクトールが言っていた「君は間違っていない。自分の感覚を信じるといい」という慰めの言葉が脳裏に蘇《よみがえ》った。

（ひょっとしたら、あれは慰めじゃなくて本当に――）

静寂に広がるざくざくという土の音に、ふと猫の鳴き声が重なった気がして杏は振り向いた。だがどこにも猫の姿は見えない。

どれほど掘っただろうか。

ふいにヴィクトールが手を止め、スコップを静かに地面へおろした。

「——杏、車に戻っていい」

小声で諭されたが、杏はとっさに身を乗り出し、ずいぶん深く掘った穴に懐中電灯の明かりを向けて覗き込んだ。

——人間のものとしか思えない頭蓋骨《ずがいこつ》が、そこに埋まっていた。


庭の穴をすぐに埋め直し、空き地の手前に停めていた車に戻ったあとのことだ。

茫然《ぼうぜん》自失状態の杏を慮《おもんぱか》ってか、彼は深夜にも営業しているレストランへ車を走らせた。煌々《こうこう》と明かりがともるレストランの中は空調も利《き》いていて、息がしやすかった。妄想が凄《すさ》まじいと思われるだろうが、杏は、真っ暗な黄泉《よみ》の国から無事生還したような心地だった。

席に落ち着いたあとで、自然と大きな溜め息が漏れた。

こちらのテーブルに近づいてきたウェイターに、ヴィクトールが杏の分のホットココアと自分の紅茶を注文する。

ウェイターが一礼して去ると、ヴィクトールは帽子を脱ぎ、自分の横に置いた。

「どうする？　……今日は一休みしたらすぐに解散して、後日に話し合いをしようか？」

「……このまま帰っても眠れません」

杏は小声で答えた。

「まあ、そうだろうね」

ヴィクトールが仕方なさそうに言う。

「——電話で島野雪路《しまのゆきじ》に幽霊少女の素性《すじょう》を調べてもらった時、名前も聞いていたんだ。彼女の本名は、ひなたあおいじゃない」

「偽名だったんですか？」

幽霊役をするにも、別名が必要なのか。

（ああ、それでヴィクトールさんはずっと「ひなたあおい」って口にするのを避けていたのかあ）

できる限り杏には真相を伏せたかったのかもしれない。

複雑な気持ちで彼を見やれば、不自然に目を逸《そ》らされる。

少しして、ココアと紅茶がテーブルに運ばれた。飲み物のみの注文だったので、すぐに準備できたのだろう。

カップを両手で摑み、波打つ感情を宥《なだ》めて、杏は向かいに座るヴィクトールに視線を戻した。

「彼女の本当の名前はなんですか」

「相川美優《あいかわみゆ》だ」

ひなたあおい、とはまったくかすりもしていない。

「現在、中学二年生らしい」

ヴィクトールはやっと全部話す覚悟を決めたのか、テーブルに頬杖をつき、杏を見つめ返した。

「相川美優には、年の離れた姉が一人、いるそうだ。両親は、ほとんど家に帰ってきていないという」

「ネグレクトというやつでしょうか」

杏は冷静さをアピールするため、淡々と尋ねた。

「そうなのかもね」

そこは確証がないためか、ヴィクトールは曖昧《あいまい》にうなずく。

「ところで、猫屋敷だけれども」

「はい」

「あそこについてなら、俺も前に多少調べているんだよ」

(だろうとは思った)

杏はしかめっ面《つら》になりそうなのを自覚して、なんとかこらえた。

ヴィクトールは引きこもりを自称するが、動く時は動く。今までだってそうだった。

「阿部《あべ》里穂と名乗ったあの人類が言っていた通り、そして隣人の噂《うわさ》話通り、猫屋敷では何年も前に子どもを亡くしている。それが原因で母親がしばらく気を病んでいたとも」

ヴィクトールは、近くの席から聞こえてきた客の笑い声がおさまるのを待って、話を再開した。

「夫とは離婚済み。現在は年老いた猫好きの母と、亡くなった子の母親の二人で暮らしている。……ああいった閑静《かんせい》で隣とも距離があるような住宅地でも、他人の暮らしはどこからか漏れるものだ。とくに不幸が付きまとうような家なら」

……悲劇的な話に他人は本気の興味を抱くという喩《たと》えは、ここにつながるのか。

ヴィクトールは紅茶に砂糖をたっぷり落とした。その様子を見て、杏も急に糖分がほしくなった。ココアを口に運ぶ。

「結局あの頭蓋骨は、誰のものなんでしょうか」

思い切って、最大の謎を尋ねると、ヴィクトールは背もたれに寄りかかった。

深夜のレストランは、あまり彼には似合わない。杏は頭の片隅でそう考えた。

「俺は些細《ささい》なことも必要以上に考えすぎるタイプなんだよ」

知ってます。

「だからここからは完全に、見たもの、調べたこと、聞いた話のみを判断材料にした俺の勝手な推測であり妄想だ。それを踏まえた上で聞いてほしい」

「はい」

「阿部里穂の頭蓋骨だと思うよ」

二人の間に沈黙が落ちた。

（なんて？）

杏は突然頭が回らなくなった。

阿部里穂の頭蓋骨？　どうしてそうなる？

「……すみません、他にもたくさん聞きたいことがあったのに、一番目の質問から新たな謎が発生したんですが」

「やあ、参ったね」

「もう！　どういうことですか、まさか里穂さんは双子だったとか？」

「そんな都合良く双子だったりする？」

……望月《もちづき》晶《あきら》たちは双子でしたけど⁉　と杏は訴《うった》えたくなったが我慢した。

「丁寧に！　きちんとわかりやすくお話ししてください！」

「君、図々しくなったよね、本当に。……俺たちが会っていた『阿部里穂』という女性は、若すぎると感じなかったか？」

ぎゅっと睨《にら》み付《つ》けると、ヴィクトールは反抗的な目を寄越したが、ちゃんと説明は続けてくれた。

「子どもの年齢は死亡時、十歳程度だという」

「はい、隣人の話では、そうでしたね」

「以前にざっと調べた時わかったことだが、子どもの死亡時、阿部里穂は三十五歳だった。彼女は二十五で出産していることになる。六年間家に引きこもり、外に出るようになったのが一年前。現在は四十歳を超えている」

「ええ、それが?」

「だがあの『阿部里穂』は、厚化粧でごまかしていても、せいぜい二十代前半だろ」

「……そんなに若いですか?」

と、聞き返したあとで、確かに杏も最初に彼女を見た時、若いイメージを持ったことを思い出した。

「若い。雰囲気でわかるだろう」

今回は『雰囲気』が重要なファクターになっているらしい。

「こう言うと女性に怒られそうだが、数年程度は年をごまかせても、十年単位となるとやっぱり難しいよ。特殊メイクでもするなら別だろうけれど」

「でも、えっ、だとすると里穂さんは、わざわざ四十代に見えるよう振る舞っていたってことになりますよ」

杏は困惑した。若く見せたいという話ならわかるが、その逆ってよほどの理由がない限りありえないのでは。

「注目すべきはそこじゃない。現実的に年齢が合致《がっち》しないってところだ」

となると——なに？

ダメだ、パニックになって、思いつかない。

「俺たちが会っていたあの『阿部里穂』は、別人ではないか。俺はそう思った」

「別人……」

「同居中の阿部里穂の母親は介護が必要なレベルで、彼女いわく『ぼけ始めていて、耳も聞こえにくく目も悪い』とのことだろ」

そこを指摘され、ようやく頭が回り始める。

「——すると、本物の里穂さんはとっくに殺されていて、誰かが成り代わっているんですか」

ぞっとしたが、ヴィクトールは軽く首を横に振る。

「いや、殺したとは思えない。子どもを失い、夫も失った本物の阿部里穂は悲しみのあまり自殺したんじゃないだろうか」

「じっ……自殺？」

杏は叫びそうになったが、慌てて声をひそめた。

「阿部里穂の母親は、介護が必要とは言うが、意思の疎通《そつう》ができないほどではなさそうだった。動き回ることもできるみたいだ。その状態で誰かが家に侵入して引きこもり中の阿部里穂を殺害し、隠蔽《いんぺい》までするのは難しい。彼女の母親が犯人という可能性なら、まああるかもしれないが。でも俺は状況的に自殺の線が強いのではないかと考えている。子どもを失って死を選ぶほど苦しんだ娘を不憫《ふびん》に思い、彼女の母親は大好きな猫と一緒に庭に埋葬《まいそう》してあげたんじゃないか？　もっというなら、孫の骨も娘の隣に埋めた」

「——はあっ⁉」

ついに叫んでしまった。近くの席を利用している客から視線が飛んできて、杏は縮《ちぢ》こまった。

「最初に君が見たという骨は、子どもの骨じゃないかと疑っている。その理由として、猫の頭蓋骨はいくらなんでも小さすぎるだろ。君がどんなに単純……素直で純粋《じゅんすい》だとしても、人と猫の骨を見間違えるだろうか」

「いいですよ、単純で意固地で黒歴史を積み上げる産業廃棄物《はいきぶつ》って言っても……！」

「そこまでは言っていない」

ヴィクトールに引かれてしまったが、こちらはもういっぱいいっぱいだ。

本物の阿部里穂の隣に埋めた、ということは、先ほどももう少し横の場所を掘っていれば、彼女の子どもの骨を見つけられたかもしれないのか。それこそが、杏が以前に掘り当てた頭蓋骨？

「……いえ、待ってくださいヴィクトールさん。本物の里穂さんの死体についてはひとまず置いておくとして――子どもの骨を埋めるなんて不可能じゃないですか？」

へえ？　とヴィクトールが面白そうに杏を見る。

「だって少なくとも亡くなったお子さんは、隣人も知っていたくらいだから、ちゃんと葬儀《そうぎ》をあげているわけですよね？」

「だろうね」

「だったら、火葬された骨――頭蓋骨が原型を留めているとは思えません。骨壺《こつつぼ》にも入らないだろうし」

ヴィクトールは一口、紅茶を飲んだ。

「それが、他の部位は難しいが、頭蓋骨に関しては原型が残りやすいんだよ」

「えっ？　燃やしたのに？」

「とくに若い人類の骨は。骨密度が関係しているらしいね」

「本当ですか？」

「本当だよ。遺族がそのままでと望めば、砕《くだ》かれずに残してもらえるだろう」

杏は唖然《あぜん》とした。そういうものなのか。

「君に子どもの骨を見られた偽者の『阿部里穂』は焦った。遺骨の埋葬については、やましいことなどない。だが、『ぼけ始めたおばあちゃん』がやったこととはいえ、さすがに外聞《がいぶん》が悪いし倫理的にも問題視されかねない。それで、苦肉の策として子どもの頭蓋骨の上に、猫の骨をばらまいてごまかした」

「人の骨を庭に埋めたままにしておくなんて、そんなのありますか。ごまかすにしたって、一度取り出して家の中に隠せばいいんじゃ？」

「あの家庭に限っては、それは一番避けたいことだったんじゃないかな」

ヴィクトールは皮肉げに言った。

「本物の遺骨……骨壺が家におさめられていたら、それを目にした阿部里穂の母親がいつ正気に戻るかしれない。子どもの母親に成り代わりたい偽者の『阿部里穂』にとっては、まさに死活問題だ。だったらずっと庭に埋めたままにして阿部里穂の母親の目から隠しておいたほうが、よほど安心できる」

杏はソファーから立ち上がりたくなる衝動を堪《こら》え、両手を前に突き出した。

「待って……待ってください。そもそも私たちと会ったあの里穂さんは、じゃあいったい誰なんですか？」

「相川美優の姉の結花《ゆか》だ」

ヴィクトールが指先でこつんとテーブルを叩く。

（新たな謎を増やすの、やめてよ！）

この短い時間の間に、何度叫びたくなっただろう。

「相川姉妹の家庭はとうに崩壊している。不在がちな両親はあてにならず、ほぼ相川結花が家計を支えているような逼迫《ひっぱく》した状態だ」

疲れ切った姉妹の顔を想像してしまい、息が詰まりそうになる。

「興味深いことに島野雪路の報告によると、相川美優は、中学一年のはじめの頃は、がんばって授業に出ようとしていたそうだよ。それが、秋頃にはほとんど登校しなくなったという」

「秋頃……、『阿部里穂』さんが、引きこもるのをやめて外に出始めた頃ですね」

「さらに、パート勤めの姉までが両親同様に不在がちになっている。夜間に、人目を避けるようにしてごく稀《まれ》に帰ってくるんだと。アパートの大家が、気味が悪い一家だと他の住人に漏らしていたそうだ。……島野雪路の友人は、よくこんなことまで調べられたな」

ヴィクトールは徹《とおる》の手腕に感心しているが、杏はそれどころではなかった。

結花が『阿部里穂』に成り代わった時期と一致している。

「さすがにどういった経緯《けいい》で相川結花が猫屋敷に関わるようになったのかまではわからないよ。噂話なんかをきっかけに猫屋敷で起きた不幸を知ったのかもしれない。……杏や俺から見れば、今回の騒動のとっかかりが相川美優なわけだから、先に彼女が猫屋敷に関わったかのように思える。でも実際は逆で、相川結花が関わったからこそ相川美優も近づいたんじゃないかな」

杏は返事も忘れて話に集中した。

「――いいなあ、大きな家。相川結花はそう思ったかもしれない。でもかわいそうなおばあさん、かわいがっていた孫を失い、娘も生きる気力をなくして引きこもっている。これじゃあおばあさんは一人きりになったも同然だ。だったら、ちょうだい。――そう考えたとする」

杏の耳には、ひなたあおいの声で頭の中で再生された。ちょうだい。

「他人の家を羨み、気に入った猫屋敷の覗きを続けるうちに、子どもの母親――阿部里穂までもが実際は死亡していることを知る。でも周囲は引きこもり中だと信じているし、おばあさんも寂しさからかどこかおかしくなって、娘がまだ生存しているような態度を取っている。もしかしたら、うまくいけばおばあさんを丸めこめるんじゃないか」

ヴィクトールが語る話は、なにひとつ事実と証明されてない。彼の勝手な推測だと前置きもされている。

けれどもなにか、背筋をぞっとさせるものがあった。

阿部家の庭に侵入して、テラスのガラス戸からそっと中を覗き見る女性の姿が脳裏に浮かぶ。ぎらぎらした強欲《ごうよく》な視線が、寂しげな背中を見せる阿部里穂の母親を捉えている。

「うまく猫屋敷に潜り込んだあとは、周囲の干渉《かんしょう》や好奇の目を遠ざけるために、わざと奔放《ほんぽう》に振る舞って嫌われるよう仕向ける。男性を狙《ねら》ったのは、近所付き合いを意識する妻たちよりもごまかしやすいからだ。その上で、夫たちには『阿部家の奥さん』という先入観がある。多少いぶかしんで、若作りしているなとは思うだろうが、まさか成り代わっているとは気づかない。そういう先入観がなかった俺は、雰囲気を重視した」

杏は手のひらに汗をかいた。

「ああ、もしかしたら庭に骨を埋めたのは相川結花なのかもしれないな。本物の阿部里穂に成り代わるために全部排除しようとしたのかも」

ヴィクトールは推論を重ねて、話を組み立てていく。

「あおいちゃん、いえ、美優ちゃんは、だったらどういう……」

杏はたまらず尋ねた。

彼女の役割はいったいなんだったのか。

幽霊のふりをして、結花とは違う形で近隣の住人を遠ざけようとした？

だがそうだとすると「ひなたあおい」の行動には矛盾《むじゅん》が生まれる。

「相川美優はどこまでもオーディエンスだ」

「どういう意味ですか？」

「誰にも、なにも期待されていない」

無慈悲《むじひ》な宣言のように思えて、杏は言葉を失った。

「放置され続けたから、おそらくああなったんだよ」

彼は足を組み直した。

「相川結花から最低限の生活費は渡されていただろう。それか、阿部家を完全に乗っ取るまでおとなしく待っていろと諭されたか。だとしても、除け者《のけもの》にされたとは感じないだろうか」

「除け者――」

「実の姉にまで幽霊扱いをされて、相川美優はなにを思っただろう」

暗い穴を覗き込むような気持ちだっただろうか。

「杏や他の人類を羨み、恋がしたいと望む。だが本当にほしかったのは、恋よりも家族愛じゃないか。その一方でなによりも信じられないのが家族愛だから、まだ見知らぬ恋に縋《すが》った」

「……その恋にも、手を振り払われています」

「ああ、そうだったね」

好きな男の子からも幽霊扱いだ。

本当に――「ひなたあおい」はどんな心境で日々をすごしていたのだろう。姉の結花に振り向いてほしくて、毛玉だらけの古びたパーカーを着続けたのかもしれない。

ヴィクトールが杏を見つめて憂鬱《ゆううつ》そうに言う。

「果たして猫屋敷の阿部里穂の母親は、本当にぼけ始めていて目も耳も悪く、成り代わろうとした相川結花と娘の区別もつかないほどだったのかな」

「……違うんですか?」

「いや、心労が絶えなかっただろう。そこは間違いない。だが俺は、本当は事実に気づいているんじゃないかと思う」

彼は顔をしかめた。

「家族を失って苦しんでいるところに、見知らぬ女が乗り込んでくる。その女に――脅迫されたかもしれない。既に子どもの母親は死んでいることを知っている。庭に埋めて隠すなんて怪しい。あなたが密《ひそ》かに殺したのではないか」

杏はぎょっとした。

「阿部里穂の母親が実娘を殺したのか、それとも自殺だったか、はたまた別の要因で死亡したか、正確な事情はここでは知りようがない。ただ小児以外の、成人している人類の頭蓋骨は確かに存在した。誰かは間違いなく死んでいて埋められている」

「――はい」

「阿部里穂の母親は困り果てる。自分が娘を殺していた場合は、もちろんまずい状況だ。自殺や他の死因であっても、なぜ正式に弔《とむら》わなかったのか。猫たちと一緒に埋葬したほうが寂しくないだろうと本気で考えた可能性もあるし、阿部里穂の死を受け入れられず、庭に埋めて『なかったこと』にした可能性だってある」

ヴィクトールが視線を伏せて、紅茶のカップを指先でつつく。

「阿部里穂の母親を脅して家を乗っ取ろうとする女も、だが蓋《ふた》を開けてみれば、一心に家族を求めている。残りの人生を孤独にすごすくらいなら、たとえ偽者の存在でも、本物の愛情を求めて『家族』になってくれる相手と寄り添って生きていきたい。そう考えてほだされてもおかしくはない」

そういうものだろうか。

杏にはわからない。本物の家族じゃなくても、いいのだろうか。

「結花さんの嘘を里穂さんの母親は情をもって受け入れた？　結花さんも、同じように情を……？」

「阿部里穂の母親が本気で介護を必要としていると、相川結花が信じている可能性もある。うまく騙《だま》せていると過信している可能性だって皆無じゃないね」

どの道筋が「真実」かは、杏たちにはわからない。

だが、ヴィクトールが言った通り、子どもや猫の骨だけでなく、『成人している誰か』の骨も間違いなく埋められていて、現在の『阿部里穂』は年齢的に矛盾があり、美優は去年の秋頃からいっそう孤独な状況に陥《おちい》っている……。

「俺たちが昼間に猫屋敷を訪れた時、『阿部里穂』は、『おばあちゃん』の話を重点において話していただろ。子どもや夫の話の時は素っ気《そけ》なかった。『おばあちゃん』だけを感情的に罵《ののし》っていた。それが、心を傾けている証《あか》しじゃないかな。仮《かり》に、阿部里穂の母親が娘と孫の骨を庭に埋めた張本人だった場合、庇《かば》う意味もあっただろうし」

「というと……」

「猫の骨は、きちんと埋葬できていない阿部里穂の骨を隠すための、ダミーの可能性がやはり高い。万が一、誰かに見つけられて不審に思われても、猫好きだったという言い訳が通るようにね」

……確かに昼間、猫屋敷を訪れた杏たちに、偽者の『阿部里穂』はその言い訳をしている。

そこで杏は、その時に多少の引っかかりを感じたことを思い出した。そうだ、「先日埋めたばかりの猫の骨」が、この季節にそんな短期間できれいに白骨化するだろうか？　それに、その弁明をするには、杏が庭を一度掘っていた事実を知っていなくてはならないが——いや、もっと前から、暴かれる危険性を考慮し、仕掛けていただけか。

「あの、ヴィクトールさん」

「なに？」

知りたいことがまだ残っている。

「——いつから、本物の人骨が埋められている可能性を考えていましたか？」

「君と最初に猫屋敷に行った日から」

ヴィクトールは即答した。

工房の職員たちとのお茶会で杏の話を聞いた時から、なんていう見え透いた嘘を、彼は言わない。その迷いのない姿勢は誠実で小気味よいと思う反面、少し寂しくもあった。

「疑いを持った理由を聞いてもいいですか」

「いいよ。——他家と比べて猫屋敷の庭木だけが異様に生《お》い茂《しげ》っていただろう？　限られた範囲のみ木々の育ちがめざましい。そこの土壌《どじょう》がなんらかの事情で変化したと考えられる」

思わぬ返答に、杏は困惑した。ここでなぜ土壌の話が持ち上がるのか。

「庭木……日当たりがいいから、では？」

杏がおずおずと可能性を挙げると、ヴィクトールは考え込むように顎に手を当てた。

「その条件だけでは、あそこまでもさもさと木々は育たない。今の季節ならあの庭木は葉を赤く染めるはずだ。それが真夏のように緑の色を維持していた。一方で、雑草の類《たぐ》いは枯れ果てている」

……そこまで細かく覚えていない。

いや、でも庭に雑草は生えていなかった気がする。

「なにかが草木に激しい影響を与えている。数年にわたって、地中にあったものから養分を吸い続けたためだ」

養分。

それにあてはまるものは、この話の流れならひとつしかない。

本物の阿部里穂の死体だ。

おそらくヴィクトールが人骨の可能性だけではなく、『阿部里穂』の成り代わりも視野に入れたのは、相川結花との年齢の不一致の件よりも、庭木に起きた異変が頭にあったためだ。既に火葬済みの子どもの骨を埋めただけでは、土壌は変化しない。

そこから様々な要素を足し、一連の流れを推測した。

「死体が白骨化するには、本来十年近くを要する。ただしそれも環境に左右される。腐敗の進行が早い場所なら、もっと短い年数でも白骨化は起こり得る」

杏は、止めていた息を大きく吐き出した。

すると本物の阿部里穂は、引きこもって早い段階で死亡しているのだろう。

もう驚きすぎて、一周回って冷静になってきた。

それにしてもヴィクトールは色々なものをよく見ている。

「……全部、ヴィクトールさんの推測ですよね」

「そうだよ。単なる推測だ」

結花は引っ越しをすると話していた。──「ひなたあおい」は家族として彼女に連れていってもらえるのだろうか。

「あおいちゃんは、今後どうなるんでしょうか」

ヴィクトールが疲れたように自分の頬を撫でた。

「相川結花がいくら化粧でごまかし、変装しても、なにかおかしいと気づく者は気づく。不審に思われて調べられる前に引っ越しを決めたのは賢明だ。というより、一年が限度だったんだろう。もちろん相川美優も連れていくはずだ。あの猫屋敷には元々『子ども』もいたんだし」

「……そうですよね」

安心すべきかどうか、杏は悩んだ。

「ただ、ずっと幽霊の役割を選ばされてきた少女は、反抗したくなったんじゃないか。偶然見かけた君に、告発するかのように骨の場所を知らせたのも、この先、どこまでも別人に成り代わって生きるために捨てなくてはいけない『相川美優』の幽霊のあがきだったのかもしれないね」

杏は、はっとした。

そうだ、やっぱり結花は杏が夜に一度、庭を掘っていたことを知っているのだ。たぶんそのことを「ひなたあおい」が故意に伝えている。

だから昼間に杏とヴィクトールが連れ立って現れた時、結花は野良猫たちの話題を積極的に持ち出してきた。骨の話も悪びれず、焦りもせずに、すらすらと語っていた。

「あの子は確かに幽霊だった。杏はちゃんと、相川美優という幽霊を見つけたんだよ」

その結果、付きまとわれ、ずいぶん脅かされもしたけれども。

「……通報しますか?」

杏がしばらく黙ったあとにそう尋ねると、ヴィクトールは軽く首を横に振った。

「しない。全部、俺の推測だから」

——全部が推測で、妄想で……猫町が見せた幻想だ。

実在しない世界で起きたことなのだから、告発する必要がない。杏はそう思っておくことにした。

「ところで……なんで美優ちゃんは、ひなたあおいと名乗ったんでしょうか」

問いかけはしたが、どうしても気になるというほどではない。「ちょっと」の残り火のような好奇心だ。

「ああ、それは。君も猫屋敷へ向かう途中、見ただろうけれど。本当の彼女たちが住んでいたアパートの横に、枯れた向日葵《ひまわり》が生えていただろ」

一拍遅れて、ああ、と杏は思い出した。

とあるアパートメントの横手に、向日葵群が生えていたっけ。

「枯れて見向きもされなくなった向日葵と自分の姿を重ねたんじゃないかな。だから、ひなたあおいだ。若い女の子って、花が好きだよね」

そういう問題？　とは思ったがひとまず納得しておく。

「あ……もしかしたら、美優ちゃんだけじゃなくて女優猫も訴えていたのかも」

杏はふと気づき、つぶやいた。

美優を幽霊だと信じた理由のひとつに、彼女の足元にすり寄っていた猫たちのことがある。あの猫たちも霊だったから、美優も同類だと思い込んでしまったのだ。

だが美優は、「猫屋敷」と命名した杏を笑っていた。自分の足元にいる猫たちの姿が見えていなかった。

「猫。ふふ」

いきなりヴィクトールが笑い、目を輝かせた。

「そうだね。ちゃんと弔ってやれって、きっと画家たちの霊も応援していたんだろう」

「はっ？　画家？」

今度はなに⁉

「ピカソとゴッホだよ」

美術界に疎《うと》い杏でも知っている有名な画家だ。いや、なんで？

「君、そういうの好きだろ？　ほら、ダンテとかバズビーとか」

「やめてください、骨に続いて私の黒歴史まで掘り返さないで——って、どこから出てきたんです、その画家たちは！」

もう嫌だ、この人ってわけがわからない！

「どこからもなにも。ベントウッドチェアと向日葵だよ」

常識だろ、という様子で見つめられたが、全然。本当、全然違うから！

「画家のパブロ・ピカソは、猫屋敷にもあったベントウッドチェアを愛用していた人物だ。彼は猫好きな男でもあった。作品に猫が出てくるし、椅子もよく描かれている。見どころがある」

「ここでもまさかの椅子談義……？」

「ゴッホも有名だろ」

「あっ、わかりました。それでゴッホか——ひまわり、ですね」

代表作のひとつだ。

ヴィクトールはにっこりした。

「俺が思うに、相川美優はベントウッドチェアからピカソを連想し、アパートそばの枯れた向日葵を見た時にゴッホのひまわりを意識して名付けをしたんじゃないかと――」

意気揚々と語る彼には悪いが、たぶん、そっちの『ひまわり』とはまったくもって無関係だろうなあ、と杏は思った。

8

後日。

杏は「ツクラ」の工房に来ていた。

バイトのない日で、学校も休みだ。それなら例の「初めてのスツール作り」に取りかかろうとヴィクトールに誘われた。

ちょうど他の職人たちが合同製作を予定している「MUKUDORI」の星川仁《ほしかわじん》のもとへ出掛けるので、工房が空《あ》くらしい。

（……張り切って早く来すぎた）

工房の戸は開いていたが、そこにいたのはヴィクトールではなくて室井武史《むろいたけし》だった。

「ヴィクトールさんは今、店のほうに寄っていますよ。すぐに戻ってくるそうです」

伝言を頼まれていたのか、彼が外出の準備をしながらほがらかに教えてくれる。

「……ありがとうございます。それは別として、私を微笑《ほほえ》ましいという目で見るのはおやめください……」

この人、私とヴィクトールさんの関係を面白がっている！

「杏ちゃん、輪切りのテーブルの件、どうなった？」

「……どこかの職人さんが、私が話す前にヴィクトールさんにお伝えしたようです」

ははは、と室井はとても楽しげに笑った。

「ね、作ってくれるって言っていたでしょう？」

「知りません」

にやにやしちゃって、と杏は羞恥心《しゅうちしん》をごまかすために、眉間《みけん》に皺《しわ》を作った。

「あまり私をからかうと、香代《かよ》さんに告げ口します」

「うわっ、それだけはやめてくれ」

途端に室井は青ざめた。

「奥さんのこと、大好きですね」

「大好きですよ」

「甘い物も好きですか？」

「好きですねえ」

杏はわざと流れに乗せてその質問をしたが、室井の反応に嘘は見当たらなかった。

「好きなんですか」

確認のために再び問うと、彼はきょとんとした。その後、なにかに思い至ったように小さく笑った。

「昔話をしましょうか。俺ね、若い頃に、酔狂《すいきょう》な女性に好かれたことがあるんですよ。まあ俺はいつでも奥さん一筋なんですけど——その時は結婚前で、お付き合いすらしていなかったものだから、ちょっとだけね、彼女がどんな反応をするか知りたくて、その女性が作ったパイをもらったことがあります」

この話を杏は、香代からも聞いている。室井視点では、どう変わるのだろう。

「でも、食べるのは不実だ。それで、『甘い物は苦手』と嘘をついて、当時の工房仲間に渡しました。あぁ、失敗した。俺はその後、嘘を突き通さなければならなくなって——奥さんが必死にパイを作ってくるので」

「……失敗した、って顔じゃないです。室井さん」

杏は渋面を作った。

すると室井が、薄く笑った。大人の狡《ずる》さと色気が滲《にじ》む表情だった。

「ええ、本当は『やった！』ですね。俺のためのパイを今も作ってくれるんですよ。健気《けなげ》なことだ。……ああ、この話は香代には秘密にしてください。この先も作り続けてもらうために」

室井が去ったあとだ。

脱力して椅子に座っていた杏に、店から戻ってきたヴィクトールが近づいた。

「なんだ、青い顔をして。……貧血か？」

「いいえ、大丈夫です。なんでもないです」

そう？　とヴィクトールが戸惑ったように杏を見る。

杏は立ち上がって、「さあさっそくスツール作りを始めましょう！」と宣言した。ヴィクトールは首を傾《かし》げたが、スツール用の板材を作業テーブルに用意した。杏は、板を糸のこ盤《ばん》のほうへ持っていこうとした。が、すぐに止められた。

「いや君、それは用途が違う。というより、まずはサイズを測って印づけをしないと」

「はい」

と、言われた通りに物差し――杏にはサシガネやメジャーは使いづらいだろうと、普通の長い定規を持たされた――で計測する。座面の角度づけはヴィクトールが行った。

その次は、いよいよサイズ通りに切る作業だったが……ヴィクトールが、うるさい。ノコギリを初心者がうまく扱えると思うなとか、電動工具をそんな持ち方をするなとか、コード踏んでる、とか。まったく進まない。

最後に、「俺が切るから。君は脚の角を削《けず》っていいような」と、遠回しに不器用人間のレッテルをはられた。

「私のはじめてのスツール作りなのに……」

「作ってるだろ。ささやかな作業を侮《あなど》るな。サンドペーパーも使わせてやる」

「ヴィクトールさんは私を侮っています」

杏がそう訴えると、テーブルの上に板を固定するための台を作っていたヴィクトールが振り向いた。

「ジグソーを使わせてほしかったら、今日もマフラーをしてこなかった理由を説明しなよ」

ジグソーとは、パズルのこと……ではなくて、ここでは直線も曲線も切れる小形の電動工具のことだ。初心者にも比較的使いやすい。片手でも持てる。ちなみに、パズルのジグソーはこの工具から取られているという。

（って、なぜ突然マフラーの話に？）

杏は驚いて、次いで焦《あせ》った。

ヴィクトールが身体ごとこちらを向いて、手についた粉をパンと払う。

「人の行動とは、思考と感情の道だ。こんな話を前にもしたよね。……杏はある時から急にマフラーをしなくなった。なぜだ。ああ、君はお忘れかもしれないが、俺は人類に隠し事をされるのが嫌いなんだよ」

「……忘れてはおりません」

「へえ。で？」

これは隠したら、ヴィクトールを本当に一ヵ月くらい死にたい気持ちにさせてしまいそうだ。

でもこんな他愛《たわい》ないことまで気づくのか。

「……『ひなたあおい』ちゃんにピンクのマフラーをほしがられたことを、思い出すからです」

「そう。なら俺が今度から、杏が選ばないような色のやつを巻いてあげるよ。で？」

「……で？　とは？」

杏は気圧《けお》された。答えたというのに、ヴィクトールはまだ冷たく杏を見下ろしている。

「なぜあの日、タイトなロングスカートを穿いてきた？」

「はい？」

「デートの日だ」

「あっ、あれは！　ご存じでしょうが、大人っぽく思われたくてロングスカートを選んだんですよ」

言うまでもない。

「違う」

ヴィクトールは信じず、真面目《まじめ》な顔をした。

「いや、はじめはそうだと思い込んでいた。きっと俺に釣り合いたくて、背伸びをしているんだろうと。今までがそうだったから」

「正解ですよ、もう！」

「違う。今回は」

彼はまた否定した。

「デートの日の君は全体的にシックな……暗いイメージの服装を選んできた。その日以降も黒系のものばかりだ。厚地のタイツもかかさない」

「黒っぽい恰好《かっこう》は、あれです。真夜中に庭を掘る時、目立たないように気を付けただけで、タイツは、厚地じゃないと寒いです！」

「杏、俺を安心させるために、正直に」

そう頼まれて、杏は、勢いをなくした。なんでもかんでもは打ち明けられないって言ったのに。

「……つまらないことです。最初に一人で猫屋敷の庭を掘り返しに行った時、フェンスのささくれに、穿いていたタイツを引っかけてしまったんです。帰る時も同じ場所を引っかけて小さな傷ができてしまって」

「ああ、その傷が、君が抱いた恐怖の証《あかし》しか。隠そうとして、ロングスカートを穿いてきたんだ。タイトだったのも、フェンスを越えるような真似をしなくてすむようにだな」

言葉を失う杏を、ヴィクトールが見つめる。

今日の杏は――ボア生地のダークグレーのショートコートに、黒のパンツという恰好を選んでいる。もう今は普通にフェンスを乗り越えられるし、実際にヴィクトールと真夜中にその行動を取っている。少し、恐怖が残っているだけだ。

それに、気持ちの形はひとつではない。この人に釣り合うようになりたい、大人っぽくなりたいという思いも本物だ。そこに嘘はないが、ただ、別の感情も裏に隠れていた。

「杏、もう隠さないな？」

傷を隠すな、という意味ではきっとない。隠し事をしないな、という問いかけだと杏は気づいた。

なぜ？ と聞いたら、前とは違う答えが返ってくるのだろうか。

「あとでまた、デートをしようか」

ヴィクトールが一歩近づいてそう言った。


次のバイト日のことだ。

「TSUKURA」に、差出人不明の名無しのハガキが一枚、届いた。

表側は猫のイラストで、裏側のメッセージ欄に「あの椅子は差し上げます」という一言だけが書かれていた。

その日のバイト終了後、レジの確認に来たヴィクトールに、杏はハガキを渡した。

彼はハガキを見ると顔をしかめたが、「バイトが終わったら、猫屋敷に行ってみる?」と杏を誘った。

杏は二つ返事で提案を受け入れた。

以前に来た時のように空き地の手前に車を停め、そこから徒歩で猫屋敷を目指す。

——あいかわらずここらを歩くと杏はなんだか目が眩《くら》み、幻覚に囚《とら》われる。アンティーク調の街灯に照らされる向日葵《ひまわり》は色鮮やかで、電飾もぴかぴか輝いている。石畳も濡れたようにつやつやだ。

頻繁《ひんぱん》に目を眩ませる自分にもはや諦《あきら》めを抱き、杏は車を降りる際にヴィクトールに無理やり巻かれたダークブルーのマフラーの位置を直した。

ヴィクトールがちらっと杏を振り向いた。

到着した先の猫屋敷は、住人が去ったあとだからか、伽藍堂《がらんどう》のような空虚な雰囲気を漂わせていた。

片付けられた庭に視線を向ければ、季節を無視してわさわさと元気に生い茂る木々側のほうに、壊れかけのベントウッドチェアがぽつんと一脚、置かれていた。

にゃあ、という猫の鳴き声が響いて、杏は目を瞬《しばた》かせた。

ヴィクトールいわく「ピカソも愛用した」チェアの上に、白と黒の恋猫たちが座っている。

杏と目が合うと、黒猫のほうが、にゃっと仕方なさそうに太く鳴いて地面に飛び降り——、そして煙のようにすっと消えた。

白い女優猫は寂しそうに鳴いてから、やはり地面に降りて、とことこと去っていった。

女優猫は途中で消えたりはしなかった。庭からほど近い場所に立つ街灯の下で一度こちらを振り向く。

「またね」というように、にゃーんと鳴く。

ライトを浴びる女優猫の足元には、形を持つものの証拠である黒い影が伸びていた。

女優猫が去っていく時、たくさんの猫たちの鳴き声が聞こえたような気もしたが、その姿はどこにも見当たらなかった。

杏は視線を庭のチェアに戻した。

「……猫より体重のある私が座ったら、完全に壊れそうですね」

「あれは、直したら猫専用の椅子にして店に置く」

ヴィクトールが嫌そうに言った。

うちの店にあの女優猫が遊びに来てくれるだろうか？

杏はそう疑問に思ったが、水をさすのはやめておいた。

「君が座る椅子は優しい俺が作るんで、ご心配なく」

その一言に驚く杏を置いて、ヴィクトールはさっさとボーダーフェンスを乗り越え、庭の中に入っていく。

杏が動揺していると、彼は立ち止まり、迷惑そうに振り向いた。

「抱き上げて運んでやろうか?」

「……けっこうです!」

頬の熱さを自覚しながら、杏はボーダーフェンスに手をかけ、力強く跨《また》いだ。

今度は、どこにも引っかけずにすんだ。

杏は帰り際、バッグから猫缶を取り出して、豊かに生える庭木の下にお供《そな》えした。

お嬢さん、星はいかが?

十月下旬の、とある夜。時刻は午後八時五十一分。

場所は、ヴィクトールの車の中。

「……現実の世界で、車内に閉じ込められて動けなくなるってこと、本当にあるんですね」

杏《あん》は車内時計を見つめながら、今自分たちが置かれている状況の奇妙さを噛みしめて、しみじみとつぶやいた。

運転席側に座っていたヴィクトールが、気怠《けだる》げにこちらを向く。

「厳密《げんみつ》に言うなら、俺たちは別に閉じ込められているわけじゃない。出ようと思えば、いくらでも自由に外へ出られる。――この雨さえやめばだが」


時は少し遡《さかのぼ》る。

閉店後の「TSUKURA」でレジまわりの整理を終えたのち、さあ帰ろうと杏が身支度《みじたく》をしていたら、どことなく不機嫌な様子のヴィクトールがふらりと姿を現した。

杏は少々戸惑った。レジのお金を入れた集金袋は、先ほどまでこちらに来ていた小椋《おぐら》に回収してもらっている。だから今日は、清掃後は工房に連絡を入れずともそのまま上がってかまわない、と言われていたのだ。

あとは外のシャッターを下ろすだけだったのだが、なにか問題でも起きたのだろうか。

(もしかして、私にお小言があるのかな)

そんな悪い予想をして密《ひそ》かに身構えていると、ヴィクトールは無愛想な態度を崩さずに、「帰り支度はすんだの?」と、杏に尋ねた。

「はい」

「じゃあ星を見に行こう」

ヴィクトールは淡々と唐突なお誘いの言葉を投げ付けると、ぽかんとする杏を置いて店の扉を開け、出ていった。

(星? 星って言った?)

普通に夜空の星のことで合っている? それともなにかの喩《たと》えとか?

ヴィクトールの意図がさっぱり理解できず、杏は混乱しながらしばらくその場に立ち尽くした。が、はっと我に返り、急いであとを追う。

扉を出てすぐのところに待っていたヴィクトールが、「遅い」と一言、文句を寄越す。

杏はあたふたしながら扉を施錠《せじょう》し、シャッターを下ろした。

なにがなんだかよくわからないが、とりあえず彼についていけばいいのだろうか。

ヴィクトールは車を店の前の路上に停めていた。店からは一人でさっさと出たくせに、車に乗る時は助手席のドアを開けて杏を待ってくれる。杏は、ヴィクトールのこうした不意打ちのスマートな行動に弱い。普段が普段なので、そのギャップで、より恰好《かっこう》よく映《うつ》るのかもしれない。

（いや、ヴィクトールさんは普段でも恰好いいけど。独特すぎる性格も、慣れれば味わい深いっていうか。……って、誰に弁解しているんだ私）

助手席に腰掛けつつ無意識に惚気《のろけ》ていた自分に、杏は照れた。膝の上に載せたバッグを両腕で潰《つぶ》れるほど抱きしめて、迸《ほとばし》りそうな恋心を抑え込む。

運転席側におさまったヴィクトールが挙動不審な杏の様子に気づき、「え……なに？　バッグの中にそれほど大事な物でも入れているの？　取らないから安心しなよ」と、まるきり見当違いな発言をする。杏はぎこちなくバッグを撫《な》でて、ヴィクトールに愛想笑いを返した。

「勉強に使う参考書とかが入っているだけですので、おかまいなく」

「それは大事なものだろ。学生なんだし……。ほら、邪魔なら後ろに置くよ。渡して」

変な目で杏を見ながら、ヴィクトールは潰れたバッグを奪い取り、後部座席に移動させた。ついでに白身のジャケットも脱いで、それも無造作に座席に置く。

杏は気恥ずかしさをごまかすために、「それで、星を見るってどういうことですか？　星の名前がついた椅子でも発見しましたか？」と尋ねた。

「なんでも椅子に結び付けるの、どうかと思うよ」

よりによってヴィクトールに真面目《まじめ》な調子で窘《たしな》められ、杏は愕然《がくぜん》とした。

（もしかして、私が四六時中椅子のことを考えていると誤解してる？）

最近ヴィクトールから同類扱《あつか》いされている気がしてならない。

ヴィクトールは遠慮《えんりょ》なく杏を眺め回していたが、ふいになにかを思い出したような顔になった。

「そういえば、前に室井武史《むろいたけし》が、子ども向けに星形の座面のスツールを作ろうかと話していたんだけれどさあ」

「星形？　かわいいじゃないですか！」

杏はつい話に乗った。

「デザイン的には悪くないのかもしれないが、座り心地のほうがネックになる気がする。ひとつサンプルを作って、店に置くか迷っているんだ」

「いいと思いますよ、スツールでしたら値段的にも手が出しやすい……って、やっぱり椅子の話じゃないですか」

杏が指摘すると、ヴィクトールは車のエンジンをかけながらゆるく首を横に振った。

「違うったら。君って話を脱線させるのが得意だよね」

本当、よりによってヴィクトールにそれを言われるなんて。

「素直に天体の星と思ってくれよ」

ヴィクトールは、ハンドルをきゅっと両手で掴むと、ふてぶてしい態度で杏を見据《みす》えた。

「今月はオリオン座流星群が見られるだろ」

「流星群！」

杏は驚いた。

「そうだよ。……もしかして君、あまり星座は好きじゃない？」

「そんなことはないですが……」

本当に星座の話なのか。椅子が絡んだ話じゃなくて？

「有名なのはペルセウス座流星群なんかの三大流星群だけど、オリオン座もまあ、よく知られているほうだ。ピークはあと数時間後のはず……って、なぜそんなに目を見開いているんだ。地面に眼球を落としたい願望でも持っているのか？」

「なんで私がそんなおかしい願望を持っていると思いました？　そうじゃなくて、ヴィクトールさんが、本気で流星群に興味を？　ヴィクトールさんが？　なにかつらいことでもありました？」

「杏こそ俺をなんだと思っているんだ？」

椅子を盲愛する人類嫌いの変人です、と杏は心の中で元気よく答えた。

「杏はこの頃、平気で俺に失礼なことを言うようになった。嫌だ、憂鬱《ゆううつ》だ」

杏から目を逸《そ》らすと、ヴィクトールは車を発進させ、鬱々とし始めた。

（そうは言っても、椅子が関わらない限り外に出たがらないような人だし。普通に、流星群を見ようだなんて誘ってくるわけがない！）

杏は疑いの目でヴィクトールを見た。

自分が特別ひねくれているわけではない。ヴィクトールの偏屈《へんくつ》な性格をよく知っているからこその疑念だ。

絶対になにか裏がある。いかに恋で浮かれていようとも、そこを見誤るつもりはない。

（だってそうじゃなきゃ、これって単なるデートになるもの）

二人きりで流星群を見るだなんて、ロマンチックにもほどがある——という自分の考えに、杏は飛び上がり、両手でパチンと音がするくらい勢いよく口を覆《おお》った。ついでに息も止めた。

（待って待って、この状況、完璧《かんぺき》デートだ）

大変なことに気づいてしまった！

杏の再びの不審な態度に、ヴィクトールがハンドルを切りながらちらりと視線を流す。

「……君さあ」

「言っておきますが、窒息《ちっそく》したい願望なんてありませんよ」と、杏はもごもごと答えてから手を膝におろし、「ええ、とりあえず今は、ヴィクトールさんが言葉通りに私と流星群を見に行こうと企《くわだ》てた、と仮定しておきましょうか」

杏は毅然《きぜん》と告げた。冷静に、落ち着いて。

「でも、ちょっと雲が出ているようですが……？」

真っ暗な窓の外をうかがえば、ヴィクトールは大きな溜め息を落とした。

「企てたってなんだ。仮定もするなよ、素直に受け止めろって。……俺は今夜、流星群を見ると決めたんだ。他意はない」

「でも雲が」

「少しくらいの曇りなら大丈夫だろ。ピークまでには多少時間もある。それまでに雲も流れるかもしれない」

どうかなあ？　と杏は同意し切れず、窓の外に目を凝《こ》らした。

むしろ、これから本格的に雨雲になりそうな気配を感じるが。

「……本当に星を見るつもりです？」

「なんの確認だよ、それ。もしかして、俺が星を眺めるなんて夜空への冒瀆《ぼうとく》だとでも言いたいのか？」

「違います」

おかしな自虐《じぎゃく》を見せるヴィクトールに微笑《ほほえ》んでから、杏は優しく尋ねた。

「……あの、何時くらいがピークなんですか？」

「九時前後らしいよ」

と、ヴィクトールは気を取り直したように答える。

「人工林側へ回って、少し山を登ろう。山頂までは行かないけど、明かりの多い町中から見るよりは条件がいいはずだ」

「はい。それじゃあ、帰りが遅くなるって、一応家に連絡を入れておきます」

「……ああ、そうか。うん。そうして」

後部座席を振り向いて、そこに置いてもらったバッグから杏はスマホを取り出す。

さっとスマホを操作する杏を、ヴィクトールが戸惑いの滲《にじ》む目で一度見た。

運転中なので、彼の視線はすぐに正面へ戻る。

「悪かった、帰宅時間も考えたら、十一時近くまでかかるかもしれない。あんまり遅くなると、親に怒られるんじゃないか？」

気遣《きづか》わしげにヴィクトールが尋ねてくる。

「うちは連絡さえ入れておけば、そこら辺は問題ないですよ」

親には、『友達とこれから流星群を見に行くので、帰りがかなり遅くなる』というメッセージを送っておいた。嘘と真実を半分ずつ。

流星群を見に行くのは本当だけれども、行動をともにするヴィクトールは友達という括《くく》りには入らない。だが、単なるバイト先のオーナーというにはなんだか距離が近い気がするし、年の離れた兄のよう、と喩《たと》えるのもしっくりこない。もちろん秘密の恋人なんかでもない。

どの角度から見たって健全な関係のはずなのに、どうしてか疾《やま》しいような気持ちが生まれる。

（大人の男の人と、星を見に行く。これってスプーン一匙分《ひとさじぶん》くらい、悪い事なのかもしれない）

後ろめたさとわずかな高揚《こうよう》と、なにに対してかもわからない仄《ほの》かな期待感が胸に芽生える。

嘘をつくなんていけないことだ。でも、小さな悪いことって、なんでこんなに胸を高鳴らせるのだろう？


内心浮かれながらも、杏は、ちょっぴり後悔してもいた。今日の私服は、適当に選んだ。白いシャツワンピースにパンツ、ボアコート、スニーカー。動きやすいが、なんていうか、味気ない。


流星群デートをすると前もって知っていたら、もっとかわいい恰好をしてきたのに。

ヴィクトールのほうは、ワッフル生地の長袖《ながそで》トップスにパンツのコーディネートで、杏という勝負というくらいシンプルな恰好なのだが、顔とスタイルの整った人はなにを着ても様になる。こちらと一緒に考えてはいけない。


「……星を見たら、ちゃんと家に帰すから安心して」

黙《だま》り込む杏の様子に困惑したのか、ヴィクトールが誠実な発言をする。が、杏は微妙な感情を抱いた。


「なんかそれ、ヴィクトールさんが言うと、意味深にしか聞こえない……」

女性を騙《だま》してどこかに連れこもうとする男みたいな台詞《セリフ》だ。

「はあ？　どうして君、俺の言葉をこうまでひねくれて受け取るようになったんだ？」

憂鬱の嵩《かさ》が増したように暗い声を出すヴィクトールの横顔を、杏はじいっと見つめた。

（私はひねくれてなんかない。やっぱりヴィクトールさんが、純粋に星を見たがるなんておかしいし。なにかある……）

それなのに、口を割ろうとしない。

杏が送る疑惑の視線などとっくに気づいているだろうに、ヴィクトールはなにも言わず、むっとした表情で運転している。

こちらからもっと突っ込んで理由を聞けばいいだけの話だが、それをした結果、流星群デートが終了してしまう畏れがある。他の事情があるのだとしても、デートは続けたい。だってロマンチックだから。

以前にも、椅子に絡んだ幽霊騒動が原因で旅行をした時、ヴィクトールと星を眺めたことがあるが、あれはノーカウントだと杏は思っている。なぜなら、あの時の目的は死体捜索で、ロマンチックの対極にあった。

（……えっ、まさか、今回も死体を探すつもりで私を誘ったわけじゃないよね？）

杏はその可能性に思い至り、背筋を震わせた。

ありえない、と笑い飛ばせないのが恐ろしい。前例があるだけに。

「ヴィクトールさん。もしもですよ、ヴィクトールさんがなんらかの事情で山奥に死体を生み出したのだとしても、最後まで私は味方でいますからね。それじゃあ、どこから探します？」

「死体を生むってなに？　俺、時々杏が本当にわからなくなる。ロスタイムゼロで君の思考が読み取れるような装置が、早く開発されてほしい」

この人の言うことも、大概《たいがい》わけがわからない。

おかしな会話を続けるうちに、車は町から離れた。街灯の数も減り、急に夜の暗さが増したような気分になる。

「そうだ。途中でコンビニに寄ろうか」

ヴィクトールがふと気づいたように提案した。

「空腹だろ。あとでどこかに食べに連れていってもかまわないが、それだと、もっと帰宅時間が遅くなる」

「はい、飲み物がほしいかも。ところでヴィクトールさん、ここら辺にコンビニってあるんですか？」

杏はいささか不安を覚えながら尋ねた。

そもそもコンビニまで無事に辿《たど》り着《つ》けるのだろうか。彼の方向音痴《おんち》ぶりを、杏は嫌というほど知っている。

「ある。……はずなんだ、どこかに」

ヴィクトールは最初に断言したあとで、杏以上に不安そうな横顔を見せた。

杏はこの先の展開が読めた。

迷う。これはもう間違いなく道に迷う。

……その予想通り、結局、コンビニに到着したのは三十分以上迷ったあとだ。

コンビニの駐車場に停めた車から降りると、杏はまず空の状態を確認した。

「ヴィクトールさん、これ。この空、見て」

心境的には言いたくなかったが、言わずにはいられない空模様になっている。星などひとつも見えない。いつ雨が降ってもおかしくない雰囲気だ。

夜気にも、見過ごせない湿っぽさを感じる。

「もうどう見ても、星の観測どころでは……」

「俺は見てない。見ない」

ヴィクトールは頑《かたく》なに空の状態を確認しようとせず、視線をうろうろさせた。

駐車場には自分たちの車以外に、一台のみが停まっている。周囲には人家も他の建物も見えず、通りかかる車も稀《まれ》なほどだ。が、こんな静まり返った場所にもお客さんは来るんだなあと、杏は店に対してかなり失礼な感想を抱いた。

「ねえヴィクトールさん」

残念だけれど、もうこの天気じゃ無理……と言いかけた杏を黙らせるためか、「ほら、行くよ」と、ヴィクトールが腕を掴み、引っ張るようにしてコンビニに入る。

店内は意外と広く、入ってすぐのところにイートインのコーナーが設《もう》けられている。

正面の大型ガラスの手前には横長のテーブルと、六脚の椅子が置かれていた。その一番奥に、大きめのトレンチコートを羽織った女性客の姿がある。

杏とさほど変わらない年齢のように思えたが、自分の恰好にはあまり頓着《とんちゃく》しないタイプなのか。そのトレンチコートと、ゆとりのある水色のパンツの組み合わせは、なんだかちぐはぐに見えた。

(もしかしてこの人も、流星群を見にここまで来たとか。……なわけがないか)

ついちらちらと彼女を盗み見していたら、イートインコーナーに近い棚に陳列《ちんれつ》されている栄養ドリンクを手に取ろうとしていたヴィクトールがこちらの様子に気づいて、近寄ってきた。

杏の肩を白らのほうへ引き寄せ、囁《ささや》く。

「杏ってさあ、俺より好きじゃない？」

「……えっ？　なにを？」

杏は少し動揺した。ヴィクトールは時折、妙に距離感がなくなる。

「椅子」

「椅子⁉」

話の運びがさっぱりわからず、杏はうろたえながらヴィクトールを仰《あお》ぎ見た。

思った以上に近い位置にヴィクトールの顔がある。至近距離でその胡桃色《くるみいろ》の瞳を見つめてしまい、心臓の音が激しくなる。杏は慌てて下を向いた。

「セブンチェアだよ」

「なっなに⁉」

「だから、君が今、熱心に見てる椅子は、セブンチェアって言うんだ」

いや、いきなりなんの解説を始めるの、この人。それ、そんなに優しく囁く必要がある？

胸中に嵐が吹き荒れ、杏は無意識にまた顔を上げた。

ヴィクトールはなにを誤解したのか、しかたないなあ、と甘やかすかのような表情を作って杏を見下ろしていた。

再び勢いよく俯《うつむ》いてから、杏は視線をイートインコーナーに逃がした。

「……あっ、ここの椅子の話です⁉」

杏は、テーブルに横並びに置かれている椅子を注視した。

その椅子は木製で、同デザインで統一されている。喫茶店や施設などでよく見かける形だ。背もたれと座面の板が一体型になっている薄い椅子。脚は細いパイプで、座面に近い部分の背もたれはくびれている。

（……私は椅子を観察していたわけじゃないんですが！）

もしかして、木製チェアならなんでも興味を覚える女だ、とヴィクトールに思われているのだろうか？

そんなことはないと心の中で否定しながらも、杏はその椅子のデザインを眺めて、首を捻《ひね》った。

「なんていうか、こう――デフォルメされた犬のおやつの骨のイラストを、背もたれと座面の境になる位置で、くにゃっとL字型に曲げたかのようなデザインですよね、これ。誰しも一度は目にしたことがあるような……このタイプの椅子にも名前がついているんですか」

ありふれたデザインすぎて、逆に名称など存在しないと思っていた。というより、名称すら意識したことがない。

「犬のおやつの骨って！　そんな喩え、どこから出てきた？」

ヴィクトールが喉の奥で笑った。

「……あっちの棚に！　ペット用のおやつが置かれていたので、それを見てちょっと連想しただけです！」

またも妙な喩えを出してしまったと気づいて、杏は頬が熱くなった。言い訳のように、陳列棚のほうを指差す。

ヴィクトールは、軽く肩を竦《すく》めた。

「まあそういうことにしておこうか。……これの前身を、アントチェアというんだよ」

「アント？　まさか蟻《あり》の意味……じゃないですよね？」

「いや、その意味以外にないだろ。蟻の形にデザインが似ているんで、そう呼ばれている。アントチェアをもっと座りやすくした改良版が、このセブンチェア」

「へえ」

まさか、夜のコンビニで椅子談義が始まろうとは。

杏は混乱と驚きの両方に、意識を占領された。

「実はこれ、世界初の、背と座面がひとつになった椅子なんだよね」

ヴィクトールがセブンチェアに視線を向けたあと、杏のほうを再び見下ろした。

「ありふれたデザインだと思っていたら、そんな凄《すご》い歴史が？」

世界初、と聞くと、なんだか急にとても価値のあるようなものに思えてくる。単純すぎるだろうか。

「そう。ありふれたデザイン、と一般人が感じるくらいに量産された――つまりは、それだけ世間に評価され、世界中に流通した椅子ということだ」

「あ……、そうですね」

日常の中でよく見かけるのは、たくさんの人に求められた結果だ。目から鱗《うろこ》の気分で、杏は納得した。

世界初、という部分よりも、それはもっと価値があることのように思われた。

「といっても、作られたのは二十世紀半《なか》ば、一九〇〇年代の中間あたりだ」

「世界初というわりには、意外に新しい……アンティークじゃないんですね。んもー、歴史があるのかないのか、はっきりしてもらえません？」

「無茶を言うなよ」

ははは、とヴィクトールが明るく笑う。

その時、イートインコーナーの女性とはまた別に、店内にいた男性客が、こちら側の通路の端に姿を現し、ちらっと杏たちを見た。続いて、奥のバックルームに引っこんでいたらしき店員もカウンターの中に現れ、気怠げに「いらっしゃいませぇ」と口にする。

杏は我に返り、あたふたとヴィクトールから距離を取った。

気がつけば、入り口近くの通路に立ち止まった状態で、普通の声量で話し込んでしまっている。端から見れば、密着していちゃついているよう……とまではいかないか?

しかし会話の内容は色気もなにもない、いつもの椅子談義だ。

「あ、背もたれ部分に、星の形の穿孔《せんこう》があるな。ああいう穿孔を取り入れたタイプなら、アンティークでも見られてね……」

「はいはい」

と、話を続けようとするヴィクトールの背を押して、杏はパンや弁当などが並んでいる棚へ向かう。

軽くあしらわれたことに気づいてむっとしたのか、ヴィクトールは通路の途中で子どもじみた抵抗を見せた。ぐっと足に力を入れて、杏が後ろから背中を押しても動かなくなる。

「ヴィクトールさんってば！」

「気合いを入れて押しなよ」

にやにやして振り向くヴィクトールの背中を、杏は強めに何度もつついてやった。くすぐったかったのか、ヴィクトールの背中が笑いでゆれた。

この時も、先ほどの男性とはまた別の客が棚の影から現れ、杏たちをちらちらとうかがった。

……今回は本当に、コンビニでいちゃついてんなよ、という冷たい目で見られた気がする。

(そうじゃない、違います。この人、私に嫌がらせをしているだけなんですよ)

怒りますよ、と杏が眉根《まゆね》を寄せてヴィクトールに小声で訴《うった》えれば、あからさまにぷっと笑われた。

「わざわざ宣言して怒るのか?」

「……」

「……わかったから。無視するの、やめてくれない? ほら、早く買うものを選んで」

適当に宥《なだ》められて、納得できない気持ちになりながらも、杏はカロリーバーとペットボトルの水を手に取った。

それを見たヴィクトールが勝手に棚に戻し、代わりに、おにぎりやサンドイッチなどをカゴに放り込む。

「町側に戻るのがけっこう遅い時間になると思う。そういうものじゃなくて、もう少し腹の足しになるようなやつを食べたほうがいい」

自分の分もあれこれとカゴに追加すると、ヴィクトールはレジカウンターに近づいた。

コンビニと言っても、全国展開されている有名なフランチャイズチェーンではなく、地方限定の一部の人のみに知られているような小売店だ。この類《たぐ》いの小さなコンビニは町中にもあって、イートインやカウンターコーヒーも数年遅れで導入されている。そんなゆるい調子の経営だから、レジ打ちはセルフではなく店員が行う。この店も同様らしい。

新人なのか、やる気がないのか、店員はもたもたとバーコードをスキャンしている。

(代金は、車に戻ってから渡せばいいか)

杏はそう考えて、会計をヴィクトールにまかせ、他の客の邪魔にならないようカウンターから離れた。イートインのテーブルの端側、つまり奥に座る女性客から一番遠い場所で足を止める。

テーブルは駐車場に面した大型ガラスの前に置かれている。下半分は曇りガラスの加工と店名のロゴが張られており、上部には、今月のオススメ商品を宣伝するオレンジ色の横断幕が取り付けられている。

この加工や横断幕のおかげで、全面ガラス仕立てながらも、そちら側まで近づかないと外の様子がわかりにくい。

「……あっ」

杏は、ガラス越しに表を眺めて、小さく声を上げた。

(雨!)

やっぱり降り出したか。

がっかりしながら、杏はガラス一枚で隔《へだ》てられた夜の世界に目を凝らす。

ぽつぽつとだが、ガラスに水滴が付着した。これでは、星を探すのは無理だ。

会計を終えたヴィクトールが、悄然《しょうぜん》とする杏の横に立った。

「ヴィクトールさん……」

彼を見上げて、杏は眉を下げた。

「……。本降りじゃないから。少しすればやむかもしれないよ」

ヴィクトールにしては珍しくポジティブな発言だったが、単純に意固地になっているだけのような気もする。こう見えて、彼は案外負けず嫌いなのだ。

ヴィクトールは渋面を作って少し考え込んだあと、入り口付近のラックに置かれていたビニール傘《がさ》を一本手に取って、レジカウンターに戻った。なんとなく杏もつられて、ついていった。

バックルームに戻りかけていた店員が、まだ買うのかよ、とでも言いたげな、やや迷惑そうな顔をしてカウンター内に戻ってきた。が、ヴィクトールが差し出した傘を見て、ありゃ、という表情を浮かべる。前髪は長いしマスクもしていたので顔立ち自体ははっきりわからないのだが、そんな雰囲気を杏は感じた。思っていたより若い印象の男性の店員だ。

彼は、杏にも聞こえるようにという配慮なのか、「あ～……、やっぱ降ってきちゃいましたかあ」と、間延びした声で言い、マイペースな手付きで傘のバーコードを読み取った。

「車汚れるから、困るんですよね。雨降るとさあ」

ヴィクトールは、一瞬びくっと肩をゆらすと、「うわ……、人類に無益な雑談を持ちかけられた。つらい」という苦痛の表情を浮かべた。実際にそう声にも出ていた。

（ヴィクトールさん、こらえて）

杏はとっさに彼の脇腹を強くつついた。今の失礼な小声が店内音楽で掻《か》き消《け》されていますように、と祈りながら店員に向けて愛想笑いを浮かべる。

「あの、私たち、流星群を見にこっちへ来たんです」

しなくてもいい余計な言い訳を始めた杏に、ヴィクトールは敵を見るような目を向けてきた。

「流星群？」

店員は疑わしげに聞き返した。

「う～ん……、無理じゃないですかあ？　雨なんだし」

まるきり緊張感のない口調だが、言っていることは手厳《てきび》しい。

杏は「ですよね」と、笑みを凍らせた。

その後、重い沈黙を引きずりながら、杏たちは店を出た。

「……あれ？」

ぽつぽつ来ていた雨が、杏たちを憐《あわ》れんだのか、やんでいる。

山の麓《ふもと》に近いこともあって、ここらでも天気が変わりやすいのかもしれなかった。

「俺は、目的を完遂《かんすい》する。途中変更なんて落ち着かない」

どうするか指示を仰ぐ前に、ヴィクトールがそんな意思表示をし、車に戻った。

（……うん、まあ、もうちょっと一緒にはいられるし）

杏は、九割方、流星群を見るのは不可能だと思いながらも、あえてそれを告げず、おとなしく助手席に乗った。


いくらも経《た》たないうちに、気まぐれな空はまた雨を落とし始めた。それがあっという間に本降りに変わる。

――そして、脱輪し、冒頭の展開になる。

中腹間際のトンネル手前の山道で、唐突な土砂降《どしゃぶ》りでぬかるんだ地面にタイヤを取られ、杏たちは立ち往生中《おうじょうちゅう》だった。

レッカー車を呼びたくてもスマホの電波が悪いらしく、連絡ができない。それに、ぬかるみから車を押し出そうにも、この横殴りの雨だ。周囲には明かりもないので、一歩外へ出ることさえためらわれた。

だがそうも言っていられないと、杏は自分が後ろから車を押すことを提案した。運転できない自分がそれをして、ヴィクトールにエンジンをかけてもらうのがベストだろう。

「いや、君の力じゃどうにもならないよ」

ヴィクトールは、すげなく提案を却下《きゃっか》した。

「強雨に変わっているし、足場が悪い」

そう杏には言ったのに、ヴィクトール自身は一度外へ出た。試しに車を押している。が、びくともしない。それはそうだ、杏ではエンジンをかけられない。

すぐに諦めたヴィクトールが、運転席ではなく後部座席に乗り込んでくる。

「うわ、服の中まで濡れた」

外にいた時間など一分にも満たないくらいだ。けれど、彼はずぶ濡れになっていた。

この状況を予想していたわけではないだろうに、ヴィクトールはなぜか着替え用の服をつめたバッグを車内に置いていた。

「どこかに泊まる予定でも?」

と、不思議に思って聞けば、工房で木屑塗《きくずまみ》れになった時の予備の服なのだとか。たまに帰宅が面倒になって、工房に泊まり込む時にも使っているという。

髪をタオルで拭《ぬぐ》ったのち、ヴィクトールはトップスを脱ごうとした。なんとなく振り向いて様子を眺めていた杏に、そこで気づいたらしい。

「熱烈な視線だな。俺はヌードモデルじゃないんだけど」

「……失礼しました！」

鼻で笑われ、杏は勢いよく前を向いた。

背後から響くごそごそという音に、杏は奥歯を噛みしめた。

少しのあと、着替えを終えたヴィクトールが、強引に前部座席の間に身体を割り込ませ、運転席に戻ろうとした。それに杏はストップをかけた。

「いえ、ヴィクトールさんの体格だと、いったん車から降りないと難しいですよ……」

女性の杏なら移動できるだろうが、彼は長身の部類だ。

「また濡れる……」

ヴィクトールはぼやきながらも、頭にタオルをかぶせたまま外へ出た。すばやく運転席に乗り込んでくる。今度はダークブルーのパーカーにスウェットパンツという恰好だ。

髪を拭《ふ》く彼に、杏は声をかけた。

「傘も役に立たないですか？」

「立たないね、これだけ雨脚が強いと。……さっきのコンビニまで徒歩で戻るのも無理だ。それなりに車を走らせたと思うから、あそこまでは距離もある。この暗さだと、仮に雨が降ってなくても危険だよ」

「そうですか」

考え込む杏に、ヴィクトールが微笑む。

「急に雨の勢いが増しただろう？　少し待てば、今度は逆に天気が落ち着くかもしれない。そうしたらまた車を押す」

じゃあ、その時は自分も手伝おう、と杏は考えた。

十月も下旬にさしかかり、この時間帯というのもあって、気温が下がっている。ヴィクトールは車内をあたためるためにエンジンをつけっ放しにした。どうせ通りかかる車もないだろうと、車内ライトも。

（ある意味、遭難中《そうなんちゅう》みたいだ）

杏は、雨の流れるフロントガラスを見つめた。

車が動かなくなって多少は動揺もしたが、さほど焦《あせ》りを感じずにすんでいるのは、やはり一人ではないからだろう。あと、ヴィクトールが落ち着き払っていることも関係しているだろうか。

できる限り避けたいが、戻ろうと思えば徒歩で戻れない距離ではない、というあたりも、冷静さを失わずにすむ理由になっているかもしれない。

髪を拭き終えたヴィクトールが、先ほど購入したサンドイッチやペットボトルを杏の膝に載せる。

「今のうちに食べておきな」

「はい。……いただきます」

時刻はもう九時近い。さすがに空腹だ。食べ物を買ってきて正解だった。

「それにしても変だよな」

ヴィクトールがタオルを後部座席に放り投げて、ふとつぶやいた。

「なにがです？」

サンドイッチを口に運びながら、杏は聞き返した。

「このあたりなら、普通にスマホが使えるはずなのに」

ヴィクトールが何気なくこぼした一言に、杏はサンドイッチを食べる手を止めた。

うっすらと不可解に感じていたその部分を、あえて突き詰めないよう気をつけていたのに、なぜ言ってしまうのか。

（そうだった、ヴィクトールさんはこういう不審点から目を逸らせない人だった……）

杏は口の中のサンドイッチを無理やり飲み込んだあと、恐る恐る答えた。

「ほら、この大雨のせいで電波が……」

「ああ、悪天候時には確かに電波って悪くなるけれどさ。それにしたって――俺のスマホは新しい機種じゃないが、工房を出る前に充電してきているんだ。なのにさっき確認したら、もうバッテリーの残量が三十パーセント以下になっている」

「……そういうことも、ありますよね」

「ないよ。杏のほうは？」

日中は八十パーセントくらいあったのに、二十パーセント以下の残量になっていたなんて、言えない。もちろんバイト中だって、工房の職人たちから連絡が入っていないかチェックした程度で、それ以外の使用はない。

（こんな雨の夜に心霊現象発生とか、狙いすぎじゃない？）

そんな恐怖の定番化は、遠慮したい。いくら好きな人と一緒だとはいえ、ホラーな意味でのどきどき感はちっとも求めていないのだ。

話題を変えようと、杏は急いで考えを巡《めぐ》らせた。

「……変と言えば。この間、学校の友人というか、友人の友人から奇妙な話を聞いたんですよ」

杏は、不必要に怖がらせてくれた礼もほんの少し混ぜて、意味ありげに話を切り出した。

ヴィクトールがわずかに警戒した様子で、杏をじろりと見る。

「友人の友人って回りくどい表現をする時は、大抵、本当は自分の体験談だったりするんだよな」

「いえ、これは本当に友人の友人です。別クラスの子の話で、私個人はとくに彼女と交流もありません。共通の友人がいるので、その子を交えて雑談をしたってだけなんです」

人類の交友関係なんかに興味ありません、という冷たい顔をして栄養ドリンクを飲むヴィクトールに、杏は無理やりおにぎりを持たせた。

さすがにこのまま車内で一夜を過ごすことにはならないだろうが、それなりに長丁場にはなるかもしれない。ヴィクトールもしっかり食べておいたほうがいい。

ヴィクトールは渋々というように、おにぎりの袋を破って食べ始めた。

「ある日、自宅のまわりをうろつく不審な男性の姿を、彼女は目撃したそうなんです」

杏は物々しい雰囲気を出すため、囁くように言った。

「のっけから物騒じゃないか」

ヴィクトールが嫌そうにつぶやく。

「彼女はそれを、母親の友人の女性に相談しました。母親の親友であるというその女性を、彼女も信頼していたそうです。女性は、彼女の近所に住んでいるって」

「友人ばかりだな。そのうち友人が結集してパレードを始めるだろ」

皮肉を言うヴィクトールにもうひとつおにぎりを渡して、杏は先を続けた。

「相談を受けた友人女性は、その後、頻繁《ひんぱん》に彼女の家に遊びに行くようにしました。不審者が現れたら追い払ってやる、って彼女に豪語したんだとか。でも、友人女性が訪問するようになって以降、その不審な男性は家の周囲に現れなくなりました」

「ふうん」

ヴィクトールは感情の入っていない声で相槌《あいづち》を打った。

「ひょっとしたら空き巣狙いだったのかも、と彼女は言っていました。父親は仕事で日中不在だし、母親も買い物とかで家をよく空《あ》けるからって。でも、友人女性の協力で、人の出入りが多いと見せかけることができたので、不審者が諦めてくれたんじゃないかと」

「へえ」

「ところがです」

杏は勢いに乗って、フロントガラスや屋根を叩く雨音をＢＧＭに、声音の調子を変えた。

ヴィクトールは、おにぎりをぱくつきながら、怪しい目で杏を見た。

「一件落着かと思いきや、それからしばらくして、町中で仲よさげに歩く不審な男性と、自分の母親の姿を、彼女は見つけてしまったそうです。その日の夜、彼女は、意を決して夕食の席で、母親に『今日はなにをしていたか』と、確認したんですって。でも母親は、『一人で買い物に出掛けた』と、しれっと答えたそうなんですよ」

「はあん」

ヴィクトールの返事が適当すぎる！

が、文句を言うのは後回しにして、杏は話を続けた。

「父親が『明日は刺身を食べたい』と前日に言っていたから、遠くのお店まで足を運んで奮発《ふんぱつ》したんですって。その嘘を聞いた彼女は、すごく悩んだあとで、とあることをふいに思い出したそうです」

「なにを？」

興味のないふりをして、意外と真剣に聞いてくれているのかも？

杏は少し気持ちを浮上させた。

「はい、『そうだ、あの不審な男、ずっと昔に見た覚えがある』って。幼い時に、頭を撫でられた記憶がある。でも、母親はこれまで、一度もその男性について口にしたことがない。なんでだろう。まさか私の記憶違い、それともあの男は、本当は実在せず――。ヴィクトールさん、この話、どう思います？」

熱弁を振るってから、杏はヴィクトールに尋ねた。

「どう思うって？」

おにぎりを食べ終わったヴィクトールが、ウェットティッシュで指先を拭く。それから、悠然と、ハンドルに腕を預けた。

「そうだな。俺の考えとしては――君は、意図的に俺に話さなかった情報があるんだろうなと」

「……なんでそう思ったんですか？」

思わぬところを攻められ、杏は軽く身を引いた。

「君はたぶん、答えを知っているんだ。友人の友人という赤の他人でしかない人類から、既に解答を聞いているんだろ。その上で、俺の憶測《おくそく》を聞かせるわけだけれど……たぶん杏は今、俺がスマホの不可解な充電状況を口にした腹いせに、自分も奇怪な話をして俺を怖がらせようと目論《もくろ》んだ」

杏は思い切り目を逸らした。

「その不審な男とやらの正体は幽霊じゃないか、と俺が推測するよう誘導したかったんじゃない？」

「……私はこれから、サンドイッチを味わうだけのロボットになります。以後はもうお返事できません」

杏はずばりと言い当てられて、大いに不貞腐《ふてくさ》れた。

ヴィクトールは気にせずに自説を披露《ひろう》する。

「まず、君のいう『彼女』――友人の友人とかいう女生徒は、なぜ真っ先に母親、あるいは父親に相談しなかったのか？　という疑問が浮かぶ。普通は、他者ではなくて、最も信頼できる家族に相談するだろ。事件性があると少しでも思っていたなら」

私はロボットなので反応しない、と杏は心の中で唱《とな》えた。卵サンド、美味《おい》しい。

「だが身内をあえて避けて、母親の友人の女性に相談を持ちかけている。君はそのあたりの不自然さを故意に流して俺に説明した。なぜならそこに一番の問題が隠されているからだ。じゃあ、問題とはなにか？　身の危険を感じるような出来事さえ相談できないくらい、彼女と両親は不仲なのか？」

ヴィクトールは質問調で言いながらも、すらすらとその答えを説明する。

「でも、とくに家族の仲は悪くないだろう、と予想ができる。だって彼女とやらは、普通に母親と会話ができているようだ。夕食も家族で仲良く取っているんだよね」

「……今の短い話だけで、そこまで家庭の背景を読み取ります⁉」

この人、なんなの！

「それから、一見、夫婦の仲も悪くなさそうだ、というのもわかる。夫のリクエストに応《こた》えてあげる優しい妻。でも、聞きようによっては、わざとらしいというか。今の短い話の中で、杏はそんな具体的なエピソードを聞かせた。そこだけ、強調するようにだ。ところで君、ロボットなのに返事をしたの？」

「ロボットです。黙ります。……ですが！　もー！」

助手席で身をゆらし、呻《うめ》く杏に、ヴィクトールが小さく笑う。

「これを踏まえて、俺が、最悪の推測を披露しよう」

答えない、私はつられない。

杏は、うろたえないよう全身に力を入れた。

「彼女が両親に相談しなかったのは、その不審な男とやらが母親の浮気相手じゃないかと誤解したからじゃないか。それでまず、母親の友人に話を持っていった。たとえば、そうだな、『父親にバレる前に、母親の目を覚ます方法はないか』と相談したか。その友人女性は、彼女の頼みを聞き、わざと頻繁に彼女の家に来るようにした」

卵サンドの最後の一口を、杏は強引に飲み込んだ。

「遠回しに、なにをしているかわかっているぞ、悪いことをするな、と母親に訴える作戦を取ったわけだ。友人女性の意図に気づいた母親は、不審な男に『もう家で会うのはやめよう』とでも伝えたのか、それ以後は彼が家の周辺に現れることはなくなった」

ヴィクトールが、そっぽを向こうとする杏の顔を覗き込む。

「けれども母親は諦めず、今度は外で男と密会をするようになった。夕食の席で、夫と娘に優しい妻ぶりをアピールしたのは、罪悪感が理由なのかな」

「もー!!」

「ロボットじゃないのか?」

「ロボットです」

「でもだ」

と、ヴィクトールは、先ほどの杏のように、声の調子を変えた。

「この説は、正解じゃないいんだろ? たぶん杏は、俺が、幽霊が犯人というミスリードに引っかからなかった場合の次の伏線として、不審な男は母親の浮気相手かもしれないとも匂わせた。俺は考えすぎるタイプだと、君は警戒したわけだ。その通りだけれども」

杏は、悔《くや》しさをごまかすために唇の裏を噛んだ。

ロボットだから、反応しない!

「じゃあ、今度は、最悪のようでそうじゃない推測に移ろうか。こんな突拍子もない話はどう?」

ヴィクトールは明らかにおもしろがっている。

「その不審男性とやらは、実は彼女の本当の父親で、幼い頃に母親は、その彼となんらかの事情で離婚していた、なんて説はどう？　この場合、父親は、娘の顔見たさに、家のまわりをうろついていた」

よくそこまでぱっと仮説を思いつくものだ。

「あるいは、不審男性は浮気相手などではないが、母親にとっては大事な相手。絶縁していた実父とか、親戚《しんせき》とか」

「あ、そう」

もうだめだ！　杏はヴィクトールを睨《にら》み付《つ》けた。

「ロボットの性能も逐次《ちくじ》アップデートされる時代です。対話機能追加されました」

「……いい線、いっています。ヴィクトールさん！」

「なんでそんなに悔しそうなんだよ」

悔しいからに決まっている。

「正解は、その男性、母親の実弟だそうです」

「実弟？」

杏は、ふんだんに悔しさをこめつつ説明した。

「なんでも、彼女のご両親は駆け落ち同然で結婚したそうで。実家との縁も切れているらしいです。ただ、元々弟さんとは仲がよくて、こっそり会っていたんですって。でも弟さんはしばらく海外勤務だったので、何年も会えなかったみたいで。今年になって、久しぶりに日本に戻ってきたんだとか。それで、母親と再会したそうです」

母親が、弟との交流についてを自分の夫と娘に内緒にしたのは、実家の両親を警戒してのことらしい。

「さすがにそこまでは、俺も読み切れない！」

ヴィクトールは楽しそうに声を上げた。

いや、ほぼ正解に近い説を考えていたではないか。

唇をきゅっと閉じる杏に、ヴィクトールは、やけに優しく微笑みかけてきた。

(なにこの怖い笑み……)

杏は警戒した。

「じゃあ、お礼に、俺もひとつ、おかしな話をしよう」

「ロボットです。対話機能のサービスは、ただいまをもって残念ながら終了しました」

危機を察した本能に従い、耳を塞《ふさ》ごうとした杏の腕を、軽く助手席側に身を乗り出したヴィクトールが摑む。

「なあ、さっきのコンビニ店員は、本当に店員だったのか？」

「……私は幽霊話と見せかけて心温まる話をしたんですよ。なのにヴィクトールさんは、人類が怖いって話をしようとしてる！」

「君の指摘も、いい線いっているね」

「いかなくてけっこうです。遠慮します」

「……一人で抱《かか》えたくないから、君も巻き込むつもりだ」

ヴィクトールは、杏の腕から手を離すと、表情を消した。美形の真顔は迫力がありすぎる。

「そもそも、なぜコンビニの駐車場に車は一台しかなかった？　店内には客が三人もいたのに」

「一人が車で、あとの人たちは、徒歩で来たのでは？」

杏は必死に考え、抵抗した。ところがヴィクトールは、すぐさま反論した。

「まわりに人家もないのに？　この雨が降りそうな天気の中を？」

「あっ、雨が降りそうだって、やっぱりヴィクトールさんも最初から気づいていたんじゃないですか。このあたりでいい加減、白状してください。星を見たいだなんて嘘なんでしょう？」

杏は勢いを取り戻した。逆にヴィクトールがたじたじになる。

「ずっと不機嫌だったし！　さあ、今日はなぜ私を誘ったんです。工房に女の幽霊でも出ましたか、それとも動物霊？　ポルターガイスト？　金縛《かなしば》り？　どれです」

「なぜすぐに幽霊と結び付けるんだよ」

ヴィクトールは溜め息を落とすと、冷静な、というよりは不貞腐れた表情になった。

「なら、どうしてです」

渋る彼を、杏はしつこく問い詰めた。

狭《せま》い車内だ、逃げられないと観念してか、ヴィクトールは重い口を開いた。

「今日、室井武史が昨夜奥さんと二人っきりで流星群を見たと、一日中、俺に向かって惚気《のろけ》続けるから、鬱陶しくてならなかっただけだ」

杏は目を瞬《しばたた》かせ、へえ、と羨《うらや》ましくなった。室井夫婦は本当に仲良しだ。

「なら俺だって星を見てやる。そう思って君を誘ったんだよ、悪い？」

「悪っ……、えっ、本当にそれだけですか？」

杏は、呆気《あっけ》に取られた。ヴィクトールが冷たく杏を睨む。

「で、ロボットは？　対話機能のサービスは終了したんじゃないの？」

「ロボットです。黙ります」

ヴィクトールがわざとらしく腕を組む。

今知った真相について、もっと詳《くわ》しく聞き出したいのに、それをさせまいとするかのように彼は不吉な話を続ける。

「駐車場に一台だけあった車は、店員自身のものと思われる」

「なんでですか。……対話機能のサービスが復活しました、どうぞ」

「都合のいいロボットに教えてやる。……なぜって、あの人類は、無益な会話を俺としただろ。雨が降ると車が汚れて困る、って」

「……サンドイッチ、もう一個食べていいですか」

「いいよ。好きなだけ現実逃避しな。でも俺は話をやめないぞ」

杏は、がさごそと、サンドイッチの入ったビニール袋に手を突っ込んだ。

「あのさあ、イートインスペースに座っていた女性って、見るからにおかしかっただろ」

気のせいか、車内の空気が冷えたような。

「彼女の靴《くつ》、なぜか、あのコンビニのロゴが入った黒いスリッポンだったよな。ズボンも、まるで店の制服のような水色だ。なのに、なぜか男物のトレンチコートを羽織っていた。いや、一番おかしいのは、店内はあんなに明るかったのに、彼女の座る椅子の下に、影がなかったことだ。おまけに、ぴくりとも動かず座っていた」

「……」

なぜかぐんぐんと車内の温度が下がっている。エアコン、入れているのに。

「一方でレジカウンターにいた男の店員は、上こそ制服を着ていたけれども、下は普通のパンツで、ブーツを履《は》いていた。レジの操作も、ぎこちなかっただろ」

「……そうでしたっけ」

「そうだよ。……ところで、君はニュースを見るほう?」

杏は俯いた。こんなふうにヴィクトールが話をアクロバットさせる時は、より最悪の展開が待っている。

(サンドイッチ。食べよう)

杏は意味なく袋をがさごそし続けた。

「最近、女子高生の誘拐《ゆうかい》事件がこの近隣で起きているの、知っているかな？」

無視していますアピールを、理解してほしい。

「なあ、知ってる？」

「……知りません」

「じゃあ、今知っておけ。狙《ねら》われるのは夜の時間帯で、塾帰りとか、バイト帰りだそうだ。おそらく犯人は複数じゃないかとニュースでは言っていた」

そんな事件があったのも恐ろしいが、なぜ今このタイミングで話す必要が――。

したくもない想像をしかけた杏は、それとは別のことで驚き、手を止めた。ビニール袋の中に、あるものを見つけたせいだ。

「これからしばらく、バイトの帰りは送るんで、一人で帰らないように――杏、聞いているか？なんでビニール袋に手を突っ込んだまま、固まっているんだ？」

「……ヴィクトールさん、これ」

杏は、震える手をビニール袋から出して、摑んだ紙を彼に差し出した。

「ああ、レシートだろ」

と、受け取ったヴィクトールが怪訝そうにレシートの裏を見て、杏同様、硬直した。

レシートの裏には、『私は今日の午後十時十分に殺されました。助けてください』という、意味不明な走り書きがある。ひどく乱れた字だ。

杏たちは同時に、車のメーターパネルに表示されている時間を確認した。

現在の時刻は、九時半。

視線をやはり同時に、レシートに戻す。冗談にしては質《たち》が悪い。だいいち、この文章が孕《はら》む矛盾はなんなのか。まだ十時にはなっていないのに、過去形で書かれている。というか、殺された人間がどうやってレシートに書き記したのか。

なにより――これは、いったい誰が書いたのか？

杏たちは視線をかわすと、レシートを静かに袋に戻した。


十時ぴったりに、雨がやんだ。

不思議なことに、あれだけ動かなかった車が、簡単にぬかるみからするりと抜け出せた。電波が悪かったスマホもつながるようになっている。なぜかバッテリーの残量までが復活していた。

ヴィクトールは無言のまま車を走らせ、先ほどのコンビニに向かった。

駐車場には、初回に訪れた時とは別の車が二台停まっていた。杏とヴィクトールは、顔を見合わせたのち、店内に入った。

紺色のチェック柄の制服を着た二人の男性店員が、難しい顔をしてカウンターの手前で話し込んでいる。杏たちは、さりげなく彼らのほうに寄り、ガムや飴《あめ》を陳列している棚を見るふりをした。二人の店員はどちらとも、水色のズボンに黒いスリッポンを合わせていた。

服装を確認して、杏は少し目眩《めまい》がした。

彼らの会話が聞こえてくる。

――＊＊＊ちゃん、バイト中にどこへ行ったんでしょうね。店も開けっ放しにしていなくなるなんて、変ですよ。

――こんなことならやっぱり、たとえ一時間といえども彼女一人に店をまかせるんじゃなかった。

――仕方ないですよ、奥さん今、病気なんでしょう？　だから＊＊＊ちゃんだって一時間くらいなら一人で店番できる、奥さんの様子を見に戻ってください、って言ってくれたんだし。

――それにしたってなあ…、店長はなんで監視カメラを新しくしてくれないんだよ。今時まだダミー設置なんて馬鹿げてるだろ。うちのコンビニはなんでもかんでも導入が遅いんだよな、まったく――……。

ヴィクトールは、飴の袋をひとつ摑むと、レジに持っていった。

男性店員たちはぴたりとおしゃべりをやめて、ヴィクトールのほうを向くと、愛想良く「いらっしゃいませ」と言った。

店を出たのち、ヴィクトールはいましがた購入した飴を、杏に手渡した。車に乗り込みながら、難しい顔をしてスマホを取り出す。

そして、不審な車を目撃した、と通報した。

通話する彼の声に耳を傾けながら、杏はもらった飴の袋を静かに開けた。

ソーダ味の、星形の飴が入っていた。それを一粒、口に放り込む。


帰宅後。

ベッドに潜《もぐ》り込《こ》んだのち、杏は奇妙な夢を見た。

流星群の走る夜空の下に、セブンチェアがぽつりと一脚、置かれている。

そこに、顔のない女子高生が座っていた。足元には、男物のトレンチコートが丸めて置かれていた。

彼女の上部には、取り囲むようにダミーの監視カメラが何台も浮かんでいる。

それに、女子高生の背後には、壊れたブラウン管のテレビがたくさん置かれていた。

杏は、椅子に座る女子高生に近づいた。なぜか手に星形の飴を持っていたので、それを彼女に差し出した。

女子高生は、飴をじっと見たあと、受け取った。

「通報、ありがとう」

そう言った彼女に、杏は、どういたしまして、と答えた。通報したのはヴィクトールだが。

「あなたも殺されないよう気をつけてね」

彼女は淡々と言う。

「お供《そな》えの飴のお礼に、助言をあげる」

その言葉の直後、彼女の背後のテレビに砂嵐が走った。時々、映像を映し出す。バイト帰りの道を一人歩く、制服姿の杏の姿だった。

「＊＊日は、夜道を一人で歩かないほうがいいよ。誰かと一緒に帰宅してね」

ザザ、ザザ、とブラウン管の砂嵐が鳴く。夜道を歩く杏の後ろに、黒い影が迫《せま》る。杏が振り向いた瞬間、ブラウン管はバチッと音を立てて消えた。

「わかった?」

わかったよ、と杏は答えた。


この話には、後日談がある。

河川敷で行方不明中の女子高生の死体が発見された、というニュースが流れた。

死亡時刻は夜十時前後。女子高生はアルバイト中に忽然と姿を消したという。同日、不審な車を発見したという目撃者の通報があった。警察は現在、他区で発生した未成年誘拐事件との関連を調査中。住人たちは一刻も早い事件解決を求めている。

そして杏は、＊＊日のバイトの帰り、ヴィクトールに頭を下げて、家まで送ってほしいと頼んだ。だめならタクシーでも呼ぶつもりだった。

ヴィクトールは、「しばらくバイトの帰りは送るといっただろ」と不審そうに言った。

杏は途中でコンビニに寄ってもらい、星形の飴を買った。もうあの夢は見なかった。

あとがき

糸森 環

こんにちは、糸森《いともり》環《たまき》です。

本書を手にしてくださってありがとうございます。

椅子職人シリーズの五冊目です、嬉しいです！

このシリーズは一巻読み切り形式で進めていますが、主要登場人物は既刊と同一です。

各巻、女子高生と偏屈《へんくつ》椅子職人コンビが、椅子に関わるオカルト事件を解決（？）していくといった内容です。そのオカルト事件に色々な形をした恋や愛を絡めていこう、というのが裏テーマです。

作中に実在する椅子等が登場しますが、物語に合わせて多分に創作を加えたりしておりますので、ご注意ください。

今回の話の軸《じく》も、前の巻同様に家族愛がメインです。が、前の巻は身内の愛で、この巻では血縁関係のない他人同士が作るいびつな家族愛のほうに焦点《しょうてん》を絞《しぼ》っています。

そして日常にするっと忍び込んでくるような幻想が好きであったりします。あと、猫を書きたかった。

書き下ろしのほうは、雪かきをしている時に思いつきました。雪もですが、雨でも身動きできなくなる時ってありますよね。

本篇、書き下ろしともに、この巻のホラー要素は薄めのような気がします。もう少し強めに出したいです。

主人公の杏《あん》がじわじわと日常をホラーに侵食《しんしょく》されて、現実の境目が曖昧《あいまい》になるところを歩いている感じ……が描けていたらいいなと思っています。

ところで、自分はとくに怖がりではない……はずと信じていますが、ホラー場面を書く時は、デスクまわりのライトをつけまくります。部屋に太陽を招いてやる、というくらいの強い思いを持ってあちこちのライトをつけています。オカルトとは、気合いとライトの力で書くものです。この間、より明るい新デスクライトを購入しました。

ホラー系はなんでも好きです。ゾンビ系も好きです。

謝辞を。

担当様、いつも本当にお世話になっております。原稿が大変遅れてしまって申し訳ないです、色々と調整くださり大変感謝しております。このシリーズ、楽しく書き進められるのは担当様方のおかげです！

冬臣《ふゆおみ》様、素敵なイラストを毎巻拝見できてとても嬉しいです。カバーの美しさにも惚《ほ》れ惚《ぼ》れです。お話を書いている時、頭の中で、描いてくださったデザインでキャラクター達が動いています。ありがとうございます！

編集部の皆様、デザイナーさん、校正さん、書店さん。多くの方々のご尽力で本が無事仕上がっています、心よりお礼を申し上げます。家族や知人たちにも感謝です。

読者様にこのシリーズを楽しんでいただけましたら光栄に思います。どうぞお付き合いくださいませ。

W I N G S ・ N O V E L

【初出一覧】
猫町と三日月と恋愛蒐集家：小説Wings '21年夏号（No.112）～'21年秋号（No.113）
お嬢さん、星はいかが？：書き下ろし

この本を読んでのご意見、ご感想などをお寄せください。
糸森 環先生・冬臣先生へのはげましのおたよりもお待ちしております。
〒113-0024 東京都文京区西片2-19-18 新書館
[ご意見・ご感想] 小説Wings編集部「椅子職人ヴィクトール＆杏の怪奇録⑤ 猫町と三日月と恋愛蒐集家」係
[はげましのおたより] 小説Wings編集部気付○○先生

椅子職人ヴィクトール＆杏の怪奇録⑤
猫町と三日月と恋愛蒐集家

著者：**糸森 環** ©Tamaki ITOMORI
初版発行：2022年6月25日発行

発行所：株式会社 新書館
[編集] 〒113-0024 東京都文京区西片2-19-18 電話 03-3811-2631
[営業] 〒174-0043 東京都板橋区坂下1-22-14 電話 03-5970-3840
[URL] https://www.shinshokan.co.jp/

印刷・製本：加藤文明社

ISBN978-4-403-54240-4 Printed in Japan

S H I N S H O K A N

「女に生まれてみたものの。」イラスト:雁須磨子

津守時生
Tokio TSUMORI

「三千世界の鴉を殺し①～㉓」
①～⑧イラスト:古張乃莉(①～③は藍川さとる名義)　⑨～㉓イラスト:麻々原絵里依
「三千世界の鴉を殺し SEQUEL ①」イラスト:麻々原絵里依

前田 栄
Sakae MAEDA

「リアルゲーム 全2巻」イラスト:麻々原絵里依
「ディアスポラ 全6巻」イラスト:金ひかる
「結晶物語 全4巻」イラスト:前田とも
「死が二人を分かつまで 全4巻」イラスト:ねぎしきょうこ
「THE DAY Waltz 全3巻」イラスト:金色スイス
「天涯のパシュルーナ①～④」イラスト:THORES柴本

麻城ゆう
Yu MAKI

「特捜司法官S-A 全2巻」イラスト:道原かつみ
「新·特捜司法官S-A 全10巻」
「月光界秘譚 全4巻」イラスト:道原かつみ
「月光界·逢魔が時の聖地 全3巻」
「仮面教師SJ 全7巻」イラスト:道原かつみ
「人外ネゴシエーター①～③」イラスト:道原かつみ

真瀬もと
Moto MANASE

「シャーロキアン·クロニクル 全6巻」イラスト:山田睦月
「廻想庭園 全4巻」イラスト:祐天慈あこ
「帝都·闇烏の事件簿 全3巻」イラスト:夏乃あゆみ

三浦しをん
Shion MIURA

「妄想炸裂」イラスト:羽海野チカ

和泉統子
Noriko WAIZUMI

「姫君返上! 全5巻」イラスト:かわい千草
「花嫁失格!? ―姫君返上! 外伝―」
「花嫁合格! ―姫君返上! 番外篇―」
「舞姫はじめました ～恋も奇跡も氷の上～」イラスト:まち
「ミルナート王国瑞奇譚(上)～女王陛下は狼さんに食べられたい!～」イラスト:鳴海ゆき
「ミルナート王国瑞奇譚(下)～狼さんは女王陛下を幸せにしたい!～」

渡海奈穂
Naho WATARUMI

「夜の王子と魔法の花」イラスト:雨隠ギド
「死にたい騎士の不運〈アンラッキー〉」イラスト:おがきちか
「伯爵令嬢ですがゾンビになったので婚約破棄されました」イラスト:夏乃あゆみ
「けものの耳は恋でふるえる」イラスト:びっけ

杏《あん》はヴィクトール、小椋《おぐら》、雪路《ゆきじ》とともに、
隣町の文化センターを訪れていた。
閉鎖《へいさ》予定のその施設から撤去《てっきょ》される
不用品の買い付けに同行したのだが……？
だんだんと変化していく
杏とヴィクトールの関係にも注目、
ふんわりオカルティック・ラブ第六幕♡
糸森環
written by tamaki itomori
絵――冬臣
illustrated by fuyuomi
遠雷、そして百年の恋について
えんらい、そしてひゃくねんのこいについて
椅子職人ヴィクトール＆杏の怪奇録6
新書館
ウィングス文庫
2023年初夏頃、文庫発売予定!!
（予定は変更になることがあります）